岩 波 文 庫

32-105-1

アンティゴネー

ソポクレース作
中 務 哲 郎 訳

岩 波 書 店

ΑΝΤΙΓΟΝΗ

Σοφοκλῆς

凡　例

一、本書はソポクレース『アンティゴネー』の翻訳である。底本としてはH. Lloyd-Jones et N. G. Wilson, *Sophoclis Fabvlae.* Oxford 1990を用いたが、異なる読みを採用した場合には注に記した。

一、テクスト上の問題がある箇所は〈……〉で示し、注を施した。

一、固有名詞の長短は長音符をもって区別したが、長短を無視して慣用的な呼称を用いた地名もある(イータリアーでなくイタリア、ポイニーケーでなくフェニキア等)。

一、訳文下欄に付した数字は原典の行数とのおおよその対応を示す。

一、本劇の理解の便宜のために「はじめに」として劇場図、劇の構造、物語の前史、系図、を付した。

目　次

はじめに

一、劇場図

ギリシアの劇場は時代により地域により変化があるが、最も保存状態がよく、今も野外劇場として使われるエピダウロス劇場(ペロポンネーソス半島東北部の港湾都市。前四世紀末頃)の図を元に簡単な説明を加えたい。

スケーネーは英語 scene の語源であるが、舞台ではなく楽屋のようなもの。俳優はここで衣装や仮面を取り替えて、一つないし三つ設けられた戸からプロスケーニオンに出入りする。戸のある壁面は王宮などの建物を表わす場合が多い。

プロスケーニオン(スケーネーの前の部分の意)が今の舞台にあたるもので、俳優はここで所作を行い科白を語る。狭く、高さも初期にはオルケーストラーとの段差がほとんどなかったと考えられる。

オルケーストラーはコロス(合唱隊)が歌い舞う場所で、中央に祭壇がある。前五世

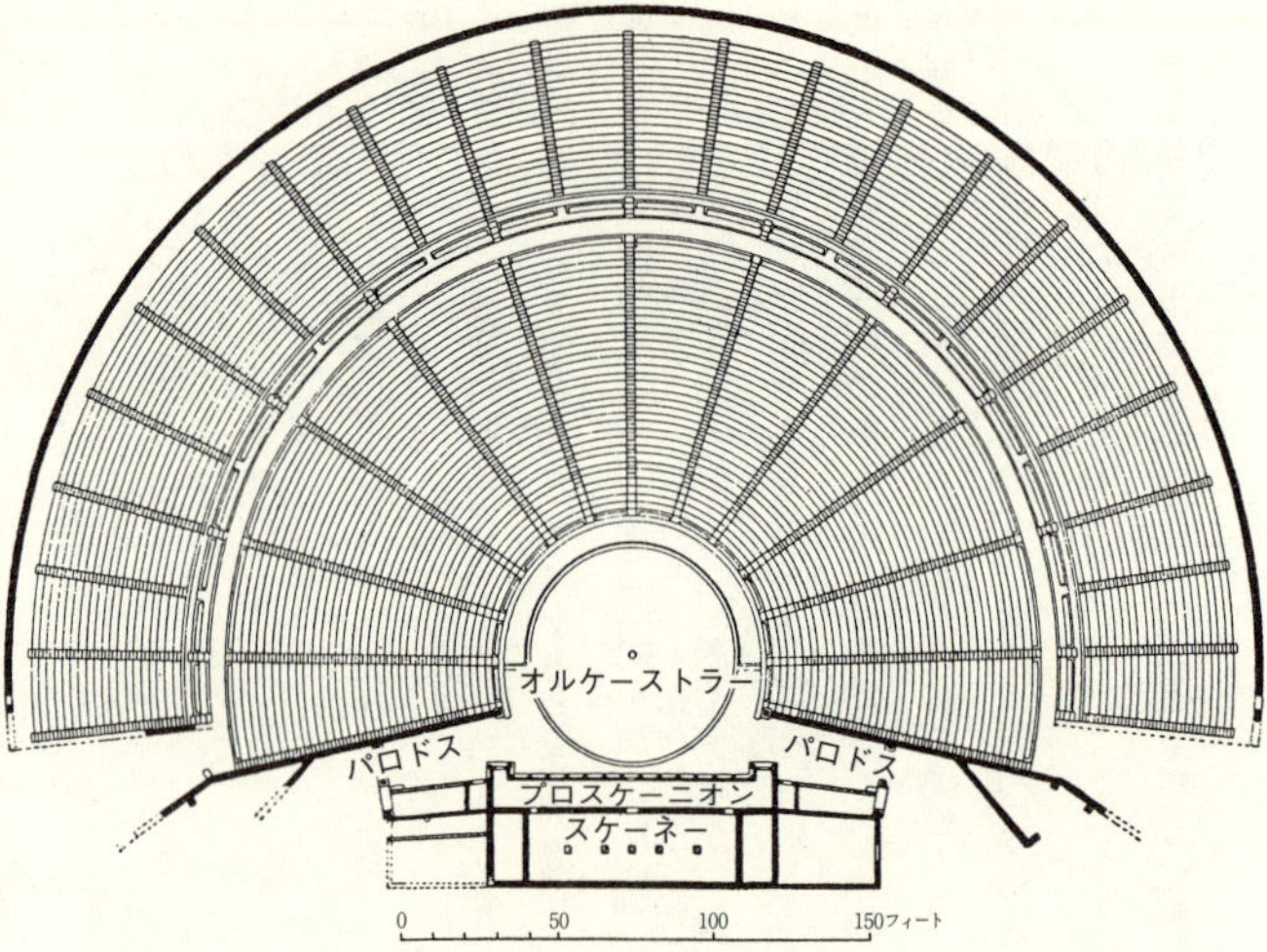

エピダウロス劇場のプラン

紀のアテーナイのディオニューソス劇場では、オルケーストラーが円形でなく長方形であったという異説もある。

パロドス（通路）は古くはエイソドス（進入路）と呼ばれた。コロスがここを通ってオルケーストラーに入ることから、劇の初めのコロスの入場の場をもパロドスと呼ぶようになった。俳優もこの道を使い、観客もここを通って席に向かう。

本劇の場合、観客席から見て正面、スケーネーの壁面がテーバイの王宮を表わし、中央の戸から俳優が出入りする。一方のパロドスはテーバイの市街に通じ、ここから予言者テイレシアースが登場する。もう一方のパロドスは城壁の外、戦場および岩室《いわむろ》に通じる。（図は、A. W. Pickard-Cambridge, *The Theatre of Dionysus in Athens*. Oxford 1946 による。）

二、劇の構造

ギリシア悲劇は大きく分けて俳優の科白の部分とコロスによる歌の部分から成る。俳優の科白は普通、イアンボス・トリメトロスと呼ばれる韻律を用いる。これは日常会話に近い韻律で、単音節を◡、長音節を—、どちらでもよい位置を×で示すと、

× — ◡ — × — ◡ — × — ◡ —

のパターンとなり、本劇の一行目で例示すると、

ὦ κοινὸν αὐτάδελφον Ἰσμήνης κάρα

オー　コイノ　ナウタデルポ　ニスメーネース　カラー

— — ◡ — ◡ — ◡ — — — ◡ —

となる。

　コロスはアナパイストス（短短長を二度繰り返す⏑⏑—⏑⏑—を基本単位とする。歌と科白の間くらいの朗唱と表わしておく）の韻律で新たな人物の登場を指し示したり、複雑な韻律を組み合わせて歌を歌ったりする。しかし、俳優も歌を歌うし、コロスの長《おさ》も科白に参入するから、科白か歌かで、あるいは俳優のパートかコロスのパートかで劇を区分することはできない。とはいえ、劇を語る場合には区分の名称があれば便利であるので、アリストテレース『詩学』一二章の定義を元に、便宜的な説明を施しておきたい。

プロロゴス　序幕。コロスの入場より前の部分をいう。俳優の科白でなされることが多い。

パロドス　パロドスを通りコロスが入場する部分。歌いながら、あるいはアナパイストスの韻律で行進曲風に。

エペイソディオン　エイソドス（進入路）から俳優が登場することが原義。俳優の対話と所作で劇の筋が進行する部分。

スタシモン　コロスがオルケーストラーの定位置(stasis)に整列し、複雑な韻律の歌を斉唱する部分。エペイソディオンとエペイソディオンを区切る働きをする。最も普通の形は、行数と韻律が完全に対応するストロペー(旋舞歌)とアンティストロペー(対旋舞歌)の対が何対かあり、対応するもののないエポードス(結びの歌)で終わる。『アンティゴネー』の場合、エペイソディオンとスタシモンはそれぞれ第一から第五まである。

エクソドス　コロスの退場が原義。実際には、最後のスタシモンより後の部分全体を指し、科白も歌も含む。

本訳では、科白は一字下げ、アナパイストスの詩行および歌の部分は二字下げで印字した。第一ストロペー、第一アンティストロペー、エポードス等、およびアナパイストスで朗唱される部分には、訳文の下欄にそのことを表示した。

俳優の数は三人に限られていたから、俳優は一人で数役を務めなければならない。『アンティゴネー』の場合について、その割り振り(試案)を表示すると次頁のようになる。

劇の区分と俳優の割り振り

□：第一俳優　○：第二俳優　△：第三俳優

		コロス	アンティゴネー	イスメーネー	クレオーン	番人	ハイモーン	テイレシアース	報せの者	エウリュディケー
プロロゴス	1-99		○	△						
パロドス	100-161	歌								
第一エペイソディオン	162-222				□					
	223-331				□	△				
第一スタシモン	332-375	歌								
第二エペイソディオン	376-445		○		□	△				
	446-525		○		□					
	526-581		○	△	□					
第二スタシモン	582-625	歌								
第三エペイソディオン	626-780				□		○			
第三スタシモン	781-800	歌								
第四エペイソディオン	801-882	コンモス	○							
	883-943		○		□					
第四スタシモン	944-987	歌								
第五エペイソディオン	988-1090				□			○		
	1091-1114				□					
第五スタシモン	1115-1154	歌								
エクソドス	1155-1260								△	○
	1261-1346	コンモス			□				△	
	1347-1353									

煩雑を避けるため，人物の登場を示すアナパイストス
の部分は前後の部分に含めた

三、物語の前史

ギリシア悲劇は、同時代の事件を扱ったアイスキュロス『ペルシア人』のような僅かな作例を除くと、全てギリシア神話を題材にしているので、古代ギリシアの観客は物語の概略は知った上で劇を観たわけである。それ故、現代の読者も同じ程度の背景を知っておくのがよいと思われる。

テーバイ王ラーイオスは我が子に殺されるであろうという神託を受けたにもかかわらず、酔った勢いで妃イオカステーと臥処《ふしど》を共にする。神託の実現を恐れた王は、生まれた赤子の踵《かかと》をピンで貫き、獣の住む山中に捨てたが、赤子は牧人に拾われ、コリントス王夫妻の許へもたらされて養子となる。足(プース)が腫れて(オイデイン)いたためにオイディプースと名づけられたその子は、長じて、「父を殺し母と交わるであろう」という神託を受けたため、養父母の許を去るが、旅の途中で言い争いとなった老人を殺害する。テーバイの国に入る時、「四つ足、二つ足、三つ足、声は一つのものは何か」という謎を出して解けない者を殺していたスピンクスを退治し、国民を救うとともに、空位になっていた王位に就いて王妃と結婚する。やがて先王殺害の穢《けが》れが因でテーバイが悪疫に見舞われ、オイディプースは犯人探しに乗り出すが、自分こそが殺害者で、母と臥処を共にしていたことが明らかになる。イオカステーは縊《くび》れて死に、オイディプースは自ら両眼を抉《えぐ》って自分を罰する。(ここまでは『オイディプース王』で描かれる。その後のことは、『コローノスのオイディプース』では、オイディプースはアンティゴネーに手を引かれて異郷を放浪し、アッティカの地で昇天することになっているが、『アンティゴネー』ではただ死んだというのみである。)

オイディプースには息子エテオクレースとポリュネイケース、娘アンティゴネーとイスメーネーがあったが、オイディプース亡き後、兄弟は王位を争い、敗れたポリュネイケースはアルゴスの国に逃れ、そこの王女の婿《むこ》となり、アルゴス軍を率いてテーバイに攻め寄せる。アルゴス軍は敗れて撤退するが、エテオクレースとポリュネイケースは相討ちに果てた。兄弟の叔父にあたるクレオーンが王位に就いたところから、本劇は始まる。

四、系図(テーバイ王家)

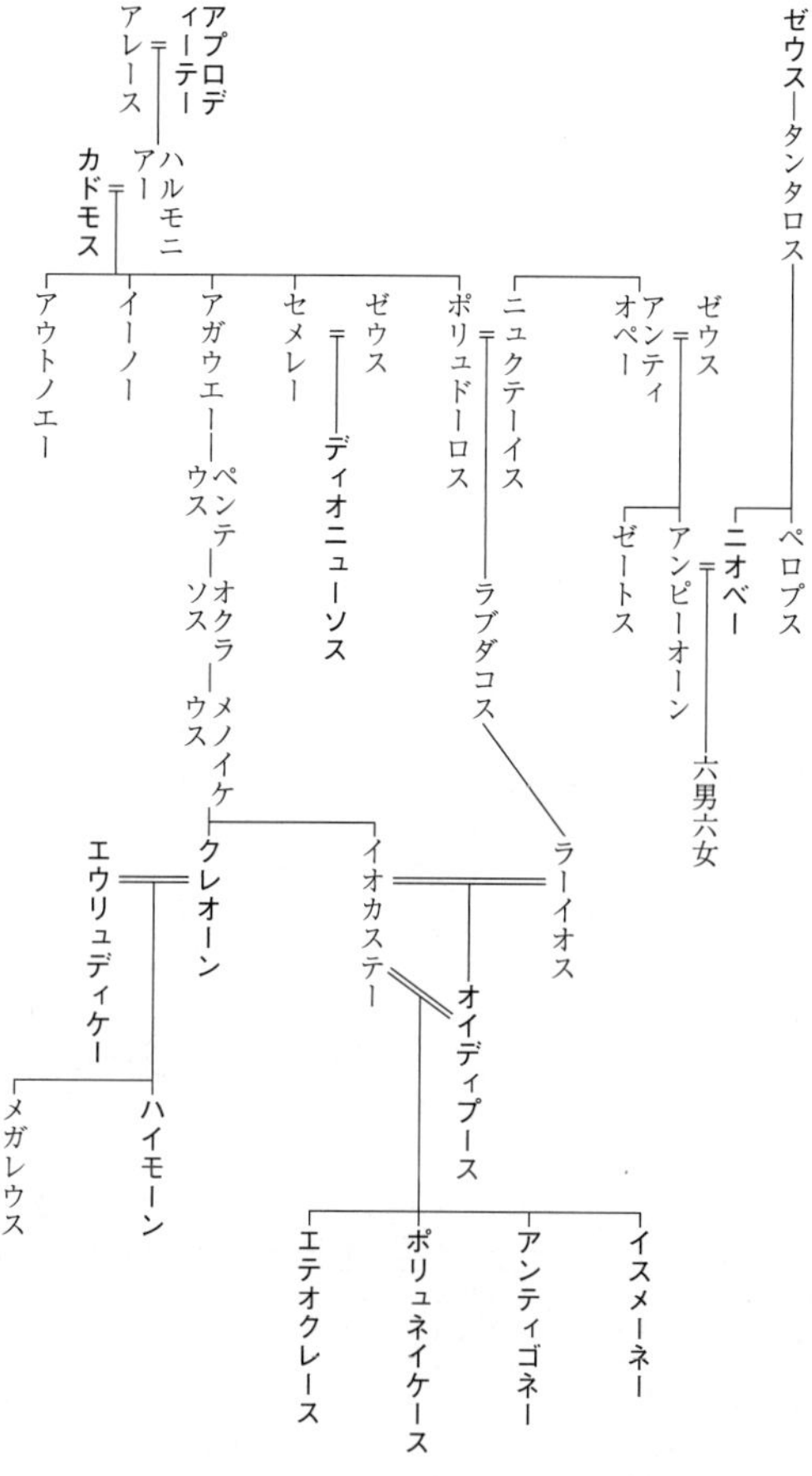
ゼウス
タンタロス
ペロプス
ニオベー
ゼウス
アンピーオーン
ゼートス
六男六女
アンティオペー
ニュクテーイス
ポリュドーロス
ラブダコス
ラーイオス
ゼウス
ディオニューソス
セメレー
アガウエー
ペンテウス
オクラソス
メノイケウス
クレオーン
イオカステー
オイディプース
イスメーネー
アンティゴネー
ポリュネイケース
エテオクレース
イーノー
アウトノエー
エウリュディケー
ハイモーン
メガレウス
アプロディーテー
アレース
ハルモニアー
カドモス

アンティゴネー

登場人物

アンティゴネー　テーバイの王女。亡きオイディプース王の娘
イスメーネー　アンティゴネーの妹
コロス（合唱隊）　テーバイの長老たち
クレオーン　テーバイ王。アンティゴネーたちの叔父
番人
ハイモーン　クレオーンの息子。アンティゴネーの婚約者
テイレシアース　盲目の予言者
報せの者
エウリュディケー　クレオーンの妃

王宮の前。夜明け前

［プロロゴス］

（アンティゴネーとイスメーネー、王宮の中央扉より登場）

アンティゴネー　同じ胞《はら》から生まれた大切なイスメーネー、
オイディプースに発する不幸は数々あるが、生き残った
私《わたし》たちに、ゼウスが未だ仕上げをしない不幸があるのだろうか。
苦しみといい、〈破滅といい〉[1]、
汚辱といい、不名誉といい、お前と私に関わる不幸で、
これまで目にしなかったものとてないのだから。
今度はまた何だろう、たった今あの将軍[2]が、
国中に向けてお触れを出したとの噂だ。
お前は何か摑んでいますか、聞いていますか、それとも、
敵が繰り出す不幸が大事な人に迫るのに気づきませぬか。

イスメーネー　私《わたし》には嬉しいことも辛いことも、アンティゴネー、
大事な人のことは何の話も届いてないわ。
二人の兄が一日のうちに相討ちで果て、
私たちから奪い去られてからというものは。
アルゴスの軍勢が昨夜のうちに立ち去った後は、
それ以上のことは何も知らないの。
自分の運が開けるのか、破滅に向かっているのかさえも。

アンティゴネー　そんなことだと思った。だからお前だけに
聞いてもらおうと、門の外へ呼び出したのです。

イスメーネー　どうしたの。その話に心が乱れると、顔に書いてあるわ。

アンティゴネー　クレオーンは兄上たちを、一人は手厚く
埋葬しながら、一人は埋葬もせず辱めているではないか。
噂では、エテオクレースの方は〈正義に則り〉(3)、
しきたりどおり土に隠して、冥土の死者たちにも
受け入れられるようにしたのに、

無惨な死を遂げたポリュネイケースの亡骸《なきがら》は、
何人《なんぴと》も墓で覆ってはならぬ、哀哭《あいこく》もならぬ、
嘆かれず葬《ほうむ》られもせぬまま、血眼《ちまなこ》の鳥どもの
ご馳走にして、心ゆくまで貪り啖《く》わせよと、
町の人たちに触れが出されたといいます(4)。
こんなことを、あのご立派なクレオーンはお前と私に、
あろうことかこの私にも(5)、警告しているそうな。
それに、まだこのことを知らない人たちにはっきりと
布告するため、ここへやって来る(6)、問題を徒《あだ》や疎《おろそ》かに
考えていない証拠には、もし犯す者があれば、
市中《まちなか》で、民衆に石打(7)で殺されることになっている、というのです。
分かった？　こういうこと。だからお前は、高貴な生まれなのか、
家柄倒れの臆病者なのか、今ここで示すのです。

イスメーネー　可哀想な方(8)、そういう事情なら、
解《ほど》くにも結ぶにも、私など何の力になれるでしょう。

アンティゴネー　一肌脱いで協力する気があるかどうか、考えてご覧。
イスメーネー　どんな危ない橋を？　一体何を目論んでいるの？
アンティゴネー　この手で亡骸を持ち上げるのを助けてくれるかどうか。
イスメーネー　まさか、あの人を葬るおつもり？　国中に禁じられているのに。
アンティゴネー　そうよ、私の兄をね。それに嫌でもお前にも兄だ。
　裏切った、などと言われたくはないのです。
イスメーネー　何と強情な。クレオーンが禁じているのに？
アンティゴネー　大切な人から私を引き離すことなど、あの男にできるものか。
イスメーネー　困ったわ、お姉さん、よく考えて。私たちの父上は、
自ら暴《あば》き出した罪のせいで、世に憎まれ、
汚名を負ってお果てになったのよ。(9)両の眼を、
われと我が手で潰してね。
次には、母とも妻とも、二重の名で呼ばれる方《かた》が、
糾《あざな》った縄で命を殺《あや》めた。
三番目には、二人の兄が、一日のうちに、

痛ましくも殺し合いの末、互いの手にかかって、
相討ちの死を遂げたのです。
今また、二人っきりになった私たちが、もし法を破ったり、
王の決めたことやご威光を踏みにじるようなことをしたら、
どんなに惨めに死ぬことになるか、考えてみて。
それより心しておくべきは、私たち女は、
男と戦うようには生まれついていないということ[10]、
それにまた、自分より強い人たちに支配されている以上、
今度のことも、いえもっと辛いことでも、聞かなければならないということ。
だから私としては、やむを得ずこうすることを
許して下さるよう、地下の方々[11]にお願いして、
権力の座にある人たちには従うつもり。だって、
余計なことをするのは、賢いこととは言えないもの。

アンティゴネー　無理にとは頼まない。それに、たとえ後からやる気になって、
私に力を貸してくれても、嬉しくはないわ。

あなたはいい子におなんなさい。あの人は私が
葬ります。それをして死ぬのは美しいこと。
あの人と共に、愛しい人と共に、愛しい女として横たわりましょう、
神聖な罪を犯してね。[12] この世の人たちより、
地下の人たちを喜ばせなければならぬ時間の方が長いのだ。
あそこでは永遠に眠るのだもの。お前はその気なら、
神々が尊ぶことを[13]蔑《ないがし》ろにしているがいい。

イスメーネー　蔑ろになどしていないわ、私は。ただ、
町の人たちに逆らってまで、できない性分なの。

アンティゴネー　そうやって言い訳をしているがいい。私は
誰よりも愛しい兄上の墓を築きに出かけます。[14]

イスメーネー　まあ、気の毒なあなたのことでとても不安だわ。

アンティゴネー　私の心配などいらない、それより自分の身を立てることね。

イスメーネー　でもね、この仕事は誰にも漏らしてはだめよ、
こっそり隠しておくのよ。私もそうするわ。

アンティゴネー　ふん、ばらしなさいな。皆に言いふらさずに
黙っていたりすると、お前をいっそう憎んでやる。[15]
イスメーネー　身も凍ることをするために、熱い心をお持ちなのね。
アンティゴネー　でも、一番気に入られるべき人たちを喜ばせることは確かだ。
イスメーネー　おできになるのならね。でも、不可能を望んでらっしゃる。
アンティゴネー　そう。力及ばぬ時は、その時は止めるばかり。
イスメーネー　そもそも不可能を追い求めるのが間違いよ。
アンティゴネー　そんなことを言うと、私からは憎まれる、
当然、死んだ人からも敵と見なされるだろう。
だから放っておいて、この身と私の無分別が、
お前の言う恐ろしい目に遭うことになっても。美しく死ねない、
ということほど恐ろしい目に遭うわけはないのだもの。
イスメーネー　そう思うのならお行きなさい。ただこれだけは分かって。
あなたは正気を無くしてゆくけれど、愛しい人たちには本当に大事な人なのよ。[16]
（アンティゴネーはパロドスより退場、イスメーネーは王宮の中へ退場）

［パロドス(17)］

（合唱隊がパロドスより歌いながら入場し、オルケーストラーに並ぶ）

第一ストロペー

コロス　天つ日の光の矢よ、
かつてなき美しき輝き、
七つの門(18)のテーバイを照らして、
遂に現われたまう。
黄金《こがね》なす昼空の眼《まなこ》よ。
ディルケー(19)の川面を照りわたり、
〈アルゴスの武士《もののふ》どもの、
白き楯かざし、総身を鎧《よろ》うを(20)〉
鋭き馬銜《はみ》もて、
ひた走る逃走へと追いやりたまう。

アナパイストス

コロスの長　武士《もののふ》ら、ポリュネイケースの
角突き合いの諍い[21]ゆえに、我らが地へと攻め寄せ、
鋭くも鳴き叫ぶ
鷲さながら、この地に舞い降りた。
雪白《ゆきしろ》の翼[22]に身を覆い、
夥《おびただ》しい物の具に、
馬の毛《け》房《ふさ》の兜《かぶと》を戴いて。

第一アンティストロペー

コロス　家並《いえなみ》の上に止まると、
血に飢えた槍もて、
七つの門のとば口を囲み、
一嚥《ひとの》みにせんと大口開けたが[23]、
その顎《あぎと》で我らの血に飽く間もなく、
ヘーパイストス[24]の松明《たいまつ》が、町を取り巻く

櫓《やぐら》を襲うより早く、立ち去った。
敵の背に迫るアレース(25)の轟音は
それほど激しく、竜に敵する者には(26)
所詮勝ち目はなきもの。

アナパイストス

コロスの長　宜《むべ》なり、ゼウスは大言壮語を
憎むこと甚だしく、黄金《こがね》の響きに
心驕《おご》り、奔流なし
寄せ来る者らを見るや、
はや胸壁の先端に取りつき、
勝鬨《かちどき》を上げんとする男(27)を、
雷火《らいか》を揮って打ち据える。

第二ストロペー

コロス　宙を舞い、地に堕ちて弾《はず》んだのは、
松明を手に、狂おしく突き進み、

鬼神もかくやと、激しい
憎悪の息吹を吐きかけていた男。
だが、その脅威も去り、
余の武将らも、大いなるアレース、
助太刀の神が打ちひしぎ、
それぞれに死を与えた。

アナパイストス

コロスの長　すなわち、七つの門には七人の将が、
数も等しき敵に配され、勝利をもたらす
ゼウス(28)にと、青銅ずくめの供物を残した。
ただ痛ましきはかの二人(29)、父母を
同じく生を享けながら、相討ちの
槍を互《かたみ》に突き立て(30)、
死の定めを分かち合った。

第二アンティストロペー

コロス　それはさて、大いなる名を持つニーケー[31]が、
兵車に満ちたテーバイの歓喜に和して
出でました以上、この度の
戦いも過ぎたこと、忘れ去るがよい。
夜もすがら舞い歌いつつ、
神々の社《やしろ》を遍《あまね》く訪れよう。
テーバイの地を揺るがしつつ[32]、
バッコス[33]が先導してくだされ。

アナパイストス

コロスの長　それより、ほれ、国王がこちらへやって来る。
〈メノイケウスの子クレオーン〉神々の下した
思いもよらぬ巡り合わせで、新しく〈王になられた[34]〉
皆の者に指令を出して、
時ならぬ長老会議の
招集を言い出すとは、

いかなる思案を練っているのであろう。

[第一エペイソディオン]

(クレオーン、パロドスより登場[35])

クレオーン　皆の者、神々はこの国を激しい荒波で揺すぶられたが、
再び揺るぎなく建て直して下された。
わしが全市民の中から、そなたらだけに使者をたて、
来てもらったのには訳がある。まずそなたらは、
ラーイオスの王座の権威を常に敬っておったし、
またオイディプースの治世の間《かん》も〈然り〉[36]、
さらには彼が身《み》罷《まか》った後も、その子息らに対して、
渝《かわ》らず赤心をもって仕えてくれたことを、よく承知しているからだ。
しかるにかの二人は、相討ちの定めにより、

一日のうちに、打ちつ撃たれつ、親族殺しの
穢《けが》れに染まって、果ててしまったため、
このわしが、亡き二人との血縁最も近き故をもって、
全権と王座とをあずかることになった。
　およそ人間というものは、支配の衝《しょう》に当たり、
法を行って試されてみるまでは、その気性や心もち、
判断力を見極めるのは不可能である。
国全体を導く身でありながら、
最善の施策に手をつけず、
何かを怖れて口を閉ざしたままでいるような男は、
わしに言わせれば、今も昔も、最低の男なのだ。
また、親しい者を己れの祖国よりも大事と
心得るような輩《やから》も、無に等しい奴だ。(37)
わしはな——常住全てを見そなわすゼウスも照覧あれ——
安寧ならぬ破滅が国民《くにたみ》に迫るのを

目にしては、口を噤《つぐ》んではいるまいし、
この国に仇《あだ》する者は、断じて
自分の友とは見なさぬ。祖国こそわしらを守る
船であり、傾かぬ船(38)に乗っていてこそ、
友ができる理《ことわり》を弁《わきま》えているからだ。
かくの如き原則で、わしはこの国の繁栄を図るつもりだ。
　そこでこの度も、オイディプースの子息らのことで、
町の者たちには、この原則に則って触れを出したのだ。
即ち、国を守って戦い、戦場で
赫々《かっかく》の武勇を示して倒れたエテオクレースは、
墳墓に納め、地下に眠る英雄たちに届けられる
あらゆる供物を捧げること。
一方、それと血を分けた者、ポリュネイケースのことだが、
奴《やつ》は亡命より立ち戻ると、父祖の地ならびに、
一族の神々の社《やしろ》に火を放って、

灰燼《かいじん》に帰せしめんとし、同族の血を啜《すす》り、
余の者は奴隷として引っ立てようとした者である故、
何人《なんぴと》も埋葬の礼を施してはならぬ、
哀哭もならぬ、葬られもせぬまま、
その骸《むくろ》は野鳥野犬の啖《くら》うにまかせ、
無惨な見せしめとせよと、国中に触れておいた。
　わしの心もちはこのようであって、悪人輩《ばら》が
正義の士以上にわしから尊重されることは決してない。
但し、この国に忠誠を尽くす者は、死者であろうが
生者であろうが、等しくわしから尊ばれよう。

コロスの長　メノイケウスの御子《おこ》よ、この国に対して仇《あだ》をなす者と
心を寄せる者とを、そのように扱うのをよしとされるのですな。
相手が死者であろうと、なお生きている私たちであろうと、
あなたはどんな処置でもとることがおできになる。

クレオーン　そこで、そなたらには今言ったことの目付役になってもらいたい。

コロスの長　そんな重荷は、も少し若い者にお言い付けくださりませ。[39]

クレオーン　いや、死骸の見張りなら既に手配してある。

コロスの長　では、その上、他に何をお命じになるのです。

クレオーン　我が言に服さぬ者に与《くみ》せぬように、ということだ。

コロスの長　死罪を望むほどの愚か者はおりませぬ。

クレオーン　いかにも、報いはそのとおりだ。しかしな、金儲けへの期待が男たちを滅ぼすためしは多いのだ。[40]

（番人、パロドスより登場）

番人　お殿様、大急ぎで息を切らせ、快足を飛ばしてやって参りました、とは申しますまい。思案のあまり立ち止まったことも幾度か、道々、回れ右して引き返しそうにもなりました。それというのも、命惜しさがあれやこれやと語りかけてくるのです。「可哀想に、行けばお仕置を受ける所へ、どうして行くのだ」とか、

「あれあれ、また止まるのか。クレオーン様が他の男から、
これをお知りになったら、お前が痛い目に遭うのは必定だ」と。
こんな風にとつおいつしながら、のろのろ、愚図愚図、参りましたので、
短い道のりも長いものとはなりました。
でも、とどのつまり、ご前に参る方が勝ちを占めたのでございます。
お知らせして空しくなるとも[41]、申し上げまする。
運命で決まったこと以外、どんな目にも遭わぬはず、
このような希望にしがみついて参りました次第。

クレオーン　そのようにびくびくしているのは、如何《いか》なるわけだ。

番人　まず初めに、手前自身のことを話しておきたいのですが、
この一件は、手前はしておりません、誰がしたのか、見てもおりません、
手前がひどい目に遭うのは、正義に適ってもおりません。

クレオーン　よい勘をしておるな。その一件とやらをぐるりと
幔幕《まんまく》で隠しおって。しかし、事件を知らせたいと顔に書いてあるぞ。

番人　事が恐ろしいだけに、躊躇《ためら》いも大きくなります。

クレオーン　さっさと話して、とっとと消え失せぬか。
番人　では申します。たった今、死体を埋葬して、
立ち去った者があります。遺体に乾いた砂を
振りかけて、必要な葬礼を執り行って(42)去ったのです。
クレオーン　何だと。かかる大それたふるまいに及んだのはいかなる男だ。
番人　存じませぬ。何しろ、そこには鶴嘴《つるはし》を打ちこんだ様子も、
鍬《くわ》で掘り出した土もなく、地面は固く
乾いたまま、無傷で、車が通った後の
轍《わだち》もなく、犯人のしるしひとつないのです。
朝一番の見張りの男にそれを見せられて、
手前どもは皆、驚くやら困惑するやら。
死体が見えなくなっているのです。墓に埋めたわけではないのですが、
穢《けが》れを避けようとするかのように(43)、薄《うっす》らと砂がかけてあります。
でも、野獣や野犬が寄って来て、
喰い荒らした形跡もありません。

そこで、一人の番人が別の番人を詰《なじ》るという具合に、
仲間うちで罵《ののし》り合いの大騒動が始まり、とうとう、
殴り合いになるところでした。止める者もないもので。
何しろ、誰もが傍目《はため》には犯人ですし、
かといって証拠はなし、皆、知らないと否認するのです。
焼けた鉄の塊を手で摑んでもよい、火の中を
歩いてもよい(44)、決してやってないし、この一件を
企んだ奴や実行した奴と共謀した覚えもないと、
神かけて誓ってもよい、手前どもはそこまで覚悟しました。
　とどのつまり、これ以上の詮索は無駄となった時、
一人の男が発言すると、皆は恐ろしくて、
首うなだれる他なくなったのです。それに対して
反対もできず、さりとて、それをして無事に済む
当てもないもので。その男の話というのは、この事実は
あなた様にお伝えしなければならぬ、隠してはならぬというのです。

この意見が勝ちを占めて、籤《くじ》を引いたところ、籤の奴、
因果なことに手前めに、結構な役目を言い渡した次第。
来たくもない者が、きっと聞きたくもない方々の所へ来てしまいました。
悪い知らせを運ぶ者など、誰からも好かれぬものです。
コロスの長　王よ、先ほどからつらつら考えておりますが、
私にはどうやら、これは神々の仕業ではないかと思われます。
クレオーン　黙れ、そんな譫言《たわごと》でわしに癇癪《かんしゃく》を起こさせたくなければ。
さもないと、分別さえない年寄りと思われるぞ。
神々がこの死体のために配慮をなさるなどとは、
我慢のならぬ言いぐさだ。
神々はあの男を、恩人の如く特別に尊んで、
土に隠したとでもいうのか。列柱に囲まれる神殿と、
奉納物に火を放ち、御自ら《おんみずから》守護する国土や、
もろもろの掟を蹴散らそうとして攻め来った男ではないか。
それとも、悪人を尊ぶ神々が在《いま》すとでもいうのか。

いや、そうではあるまい。この国には先刻より、
かの布告(45)を耐えがたく思う連中がいて、秘かに
不穏の声を上げていた。首を振って逆らい、おとなしく
軛《くびき》についてわしの意を迎えようとせぬ、駄獣のような連中だ。
ここなる番人どもが、その連中から報酬で惑わされて、
この度のことをしでかしたことくらい、わしにはお見通しだ。
およそ人の世に行われる習わし(46)で、金銭《かね》ほど
有害なものはない。こいつが国々を滅ぼし、
こいつが人々を家郷から追い出す。
こいつはまた、人々の正しい心持ちを惑わせ、
あらぬ方《かた》へ導いて、恥ずべき行いにつかせる。
悪事に生きることを人間に教え、
ありとあらゆる不敬の行いに馴染ませるのだ。
だが、報酬を当てにこのようなことをする輩《やから》は、
いずれ時が来れば、罰を受けることになる。

そこでだ、ゼウスに対するわしの崇敬の念が揺るがぬ限り、
よく心得ておくがいい、神かけてお前に命ずる。
この埋葬を行った犯人を見つけ出し、
わしの目の前に引き出さぬ限り、
ハーデース[47]送りだけでは済まぬ。その前に、
生きながら吊して、この度の犯行を明らかにさせてやる。
今後はお前たちも、金儲けはどこですればよいかを知った上で、
かき集めるようにな。そしてまた、どこでもかしこでも、
儲けたがってはならぬことを、悟るようにな。
恥ずべき利益からは、身を全うする者より、
身を滅ぼす者の方が多いことが見て取れるであろう。

番人　一言《ひとこと》、言わせて頂けましょうか。それともこのまま退出いたしましょうか。

クレオーン　お前の物言いが癇《かん》に障るのが、まだ分からぬのか。

番人　それはお耳に障りますのか、それともお心に？

クレオーン　どうしてまた、痛む場所を特定などする。

番人　犯人は殿様のお心を傷つけますが、手前はお耳だけ。
クレオーン　何ともはや、どう見ても口から先に生まれた奴だ。
番人　ともかく、このことをやった人間ではありませんので。
クレオーン　いや、それどころか、金銭《かね》で命を売り渡した。
番人　やれやれ。
ほんに恐ろしい。こうと思いこんだら、嘘でも思いこむとは。
クレオーン　思いこみで言葉遊びをしていろ。だが、今回の
犯人どもを差し出さねば、卑しい金儲けが
災難の元だと、その口から言わせてやる。
（クレオーン、王宮内へ退場）
番人　そりゃあ、見つかるに越したことはない。だがね、
捕まるかどうかは運が決めることとさ。
俺がもう一回ここへ来るのを、あんたが目にすることはないね。
今だって、命が無事だったのは、思いもよらぬ

拾いもの、神様に感謝感謝だ。(48)

（番人、パロドスより退場）

［第一スタシモン(49)］

第一ストロペー

コロス　恐ろしきものはあまたあれど、
人よりもなお恐ろしきはなし。
このものは、冬の南風《なんぷう》(50)を冒し、
逆巻く波をくぐって、
鈍色《にびいろ》の海をも
越えてゆく。はたまた、
神々の中にも至尊の女神、
疲れを知らぬ不滅の大地を痛めつける。
来る年も来る年も、鋤《すき》を巡らせ、

馬の子(51)を駆って、耕しながら。

第一アンティストロペー

気散じな鳥の族《やから》を、
野に棲む獣の群を、
八潮路《やしおじ》の海の鱗《うろくず》を、
織りなした網投げかけて
捕えるのも、
才知に長《た》けた人間。野に臥し、
山を行く獣を、工夫もて
手なずけ、鬣《たてがみ》なびかせる馬や、
粘り強い山岳牛《さんがくうし》の、
項《うなじ》のまわりに軛《くびき》をかける。

第二ストロペー

さらには言葉と、速きこと風の如き
思考と、都市を営む気概を

自ら習い覚え、寒空《さむぞら》の下、
住み憂き霜や、篠突《しのつ》く雨を
避ける術《すべ》も覚えた。
あらゆる策に通じ、策に窮することなく、
起こりうることに立ち向かう。
ただひとつ、死を避ける手だては
講じえまいが、不治の病を逃れる術は
編み出した。

第二アンティストロペー

人はまた、思いも及ばぬ賢《かしこ》さの
工夫の才を持ちながら、
時には悪に、時には善に歩み寄る。
国の掟と、神かけて誓った
正義とを〈尊ぶ者は〉(52)
高邁《こうまい》な国の民となり、不埒《ふらち》にも、

見苦しき行いに染まる者は、亡国の民となる。
願わくは、かかる行いをなす者が、
われらと竈《かまど》を共にすることなく、
心を同じくすることもなからんことを。

［第二エペイソディオン］

（番人、アンティゴネーを伴ってパロドスより登場）

コロスの長　これはまた、神様がよこした幻ではなかろうか。　アナパイストス
これはアンティゴネーお嬢様、そうと知りながら、
そうでないとどうして言えようか。
不仕合わせなお方。父上のオイディプースも
不仕合わせであったなあ。
どうしたことか。まさか王様の掟に従わず、

愚かなことをしているところを見つかって、
曳かれておいでになるのではあるまいな。

番人　例のことをしでかした娘を連れて参りました。
埋葬しているところを捕まえたのです。で、クレオーン様はどこに。

コロスの長　ほれ、ちょうどよいところへ、館から戻っておいでだ。

（クレオーン、王宮より登場）

クレオーン　何事だ。うまい具合にわしが出て来たとはどういうことだ。

番人　お殿様、人間は、誓ってしませぬ、などと言うものではありませんな。
なぜって、後《のち》の思案が先の判断を嘘にしてしまうのですから。
さっきは、ここへ来ることはまずあるまいと、大見得を切るところでしたが、
それはあの時、さんざん脅《おど》かされて、生きた心地もなかったからでして。
でも今は、思いがけず願いが叶った喜びが、
どんな嬉しいことにも代えられないくらい大きくて、
やって参りました。誓って来ない、なんて誓いましたけどもね。

このとおり、娘を連れております。葬《とむら》いをしているところを
見つけたのです。今度は籤引きなんてしていません。
これは手前のめっけ物、他の誰のでもない。
ですからお殿様、お心のままにこの娘をお受け取り下さって、
尋問とお取り調べを。手前の方は無罪放免、
この厄介事から消え失せて宜しゅうございますね。

クレオーン　この娘をどのようにして、どこから捕まえて参った。

番人　あの男を手ずから葬《ほうむ》っていました。これで全てでございます。

クレオーン　己れの申していることが分かっているのか。それで間違いはないな。

番人　殿様がお禁じなされた死体を、この娘が葬っているのを
見ました、と。どうです、こう申せば明々白々でしょう。

クレオーン　ではどのようにして見つかり、犯行を押さえられたのだ。

番人　それはこんな具合でございます。殿様からあんな風に、
恐ろしい言葉で脅かされて、手前どもは現場に戻りますと、
死骸にかかっていた砂をすっかり払いのけて、

腐爛した体をちゃんとむき出しにしてから、
風上の丘のてっぺんに坐っておりました。
死臭に当るのを避けたわけですな。
難儀な仕事をさぼりそうな奴がいると、大声で
罵り合って、目を覚まさせたものです。
長いこと、こんな風にしておりましたが、とうとう
輝きわたる丸いお日様が中空《なかぞら》にかかり、
焼けつくような暑さとなりました。この時突然、つむじ風が
起こり、高空の災いとばかりに、砂柱を大地から巻き上げると、
平原一杯に広がり、平原を覆う木々の葉っぱを
いたぶり尽くしながら、広大な大気の中に充ちわたります。
手前どもは目を瞑《つぶ》って神変不可思議の苦患《くげん》に耐えておりました。
　長い時が過ぎて、これが止んだ時、
娘の姿が見えたのです。巣が空っぽになって、
雛がいなくなった寝床を見つけた時の

鳥のように、鋭い声で泣き叫んでおりました。
そんな風にこの娘も、むき出しになった死骸を見ると、
嘆きの声を上げて、そんなことをした奴らに、
激しい呪いを浴びせておりました。
それから、すぐに両手で乾いた砂を運んで来ると、
見事な造りの青銅の水差しを高く掲げて、
死体の周りに三度、水を注ぎかけたのです。[53]
手前どもはそれを見るなり飛んで行き、すぐさま娘を
取り押さえたのですが、少しも驚いた様子がありません。
先ほどの仕業、そして今度の仕業を
問い詰めましたよ。娘は何一つ否定しませんので、
手前としては嬉しいやら、同時にまた辛いやら。
なぜって、自分が災難から逃げおおせたのは、
何より嬉しいけれど、大事な人たち[54]を不幸に落とすのは
辛いですからな。でもまあ、手前の身の安全に比べれば、

こんなことは全て、取るにも足らぬことでございます。

クレオーン (アンティゴネーに) さてお前だ。ずっと俯《うつむ》いておるな。
これをしたことを認めるか、それとも否認するのか。

アンティゴネー したと認めます。否認などするものですか。

クレオーン (番人に) お前は重罪の嫌疑が晴れた、
どこなりと好きな所へ退散するがよい。

(番人、パロドスより退場[55])

(アンティゴネーに) お前の方は、多言《たげん》は無用、手短に答えるのだ。
これをしてはならぬという布告のあったことを、知っていたのか。

アンティゴネー 知っていた。どうして知らぬわけがあろう、公然のことなのに。

クレオーン それなのに、敢えてこの掟を踏みにじったというのだな。

アンティゴネー このお触れを出したのはゼウス様ではないし、
地下の神々とともにある正義《ディケー》の女神[56]が、
人間のためにこのような掟を定めたわけでもない。
それに、あなたのお触れは死すべき人間の作ったもの、そんなものに、

神々の定めた、文字には書かれぬ確固不動の法を
凌《しの》ぐ力があるとは考えなかったからだ。
この法は昨日今日のものではない、永遠に
命を保つもの、いつから現われたか、誰も知りません。
私は誰ぞの意向を怖れるあまり、その法を犯して、
神々の前で罰を受ける気にはならなかったが、それというのも、
当然のことだが、いずれ死ぬことがよく分かっていたからだ。
たとえあなたが先のお触れを出していなかったとしても[57]。もし寿命を
待たずして死ぬことになろうとも、それは私の得になること。
だって、私のように数々の不幸の中で生きる者は、
死ねば得をすると、どうして言えぬであろう。
それ故、今この定めに遭うのは、私には
少しも苦痛ではありません。でも、同じ母から生まれた
あの方《かた》が、死んで埋葬されぬのを許したりすれば、
そのことには苦しんだでしょう。今のことなど苦にもなりませぬ。

もし今の私が、愚かなことをする女だとあなたに思われるとすれば、
それはほとんど、愚か者から愚かと非難されるようなものです。

コロスの長　紛れもない、ご息女の気性の激しさは、激しい
父親譲り。不幸に屈することをご存じないな。

クレオーン　だが心得ておくがよい。余りにも頑《かたくな》な心もちが、
一番頽《くずお》れやすいということをな。火によって
固く鍛えられた最強の鉄が、
しばしば割れて砕けるのを目にするであろう。
いきり立つ馬も、小さな轡《くつわ》ひとつで、
手なずけられるものだ。他人の奴隷にすぎぬ者は、
大それた思いを懐《いだ》いてはならぬのだ。
　この娘、先刻は触れ渡した掟に背いて、
ぬけぬけと無法の罪を犯しおったが、
した後でそのことを誇り、したり顔で
嘲笑《あざわら》うなどとは、第二の無法である。

実際、もしこれが罰も受けずにこの娘の戦果となるようなら、
わしはもはや男ではない、この娘こそ男だ。
だがな、たとえこの娘が我が姪であろうと、はたまた、ゼウスに守護される
家族の誰よりも血の繋がりが濃い者であろうと、
こやつもその妹も(58)、最悪の死を
免れはできぬぞ。妹の方も、この埋葬を
企んだことで、わしは同罪だと断じるからだ。
(家来に)あの女も呼んで参れ。先ほど邸の中で見かけたが、
狂乱の態《てい》で心ここにあらずという風であった。
蔭でよからぬことを企む者は、
その心が先に、咎人《とがにん》であることを顕してしまうものだ。
だが、それにも増して憎いのは、悪事のさなかに捕まって、
それを美しく言いなそうとする者だ。(59)

アンティゴネー　私を捕まえた今、殺すこと以上の何かをしようとでも？(60)

クレオーン　いいや、何も。それをすれば充分だ。

アンティゴネー　ではなぜ、愚図愚図しているのです。あなたの言うことは、一つとして私の気に入らないし、気に入ってたまるものか。同じように、私の立場もあなたのお気に召さぬはず。ともあれ、同じ胞《はら》から生まれた兄を葬ること以上に、晴れがましい誉れを、どこから得られただろうか。もし怖れから舌を閉じているのでなかったら、ここにいる皆さんも、きっとそれに賛成するはずだ。それにしても、独裁者というものは、他にもいろいろ旨みがあるが、思いのままにふるまい、しゃべることができるものだ。

クレオーン　このカドメイア[61]の民のうち、そのような見方をするのはお前だけだ。

アンティゴネー　この人たちもそう見ている。あなたへの手前、口を噤《つぐ》んでいるが。

クレオーン　この者たちに考えを合わさず[62]、恥ずかしくないのか。

アンティゴネー　一腹一生《いっぷくいっしょう》の兄を敬うのは、少しも恥ではない。

クレオーン　迎え撃って死んだ者[63]も、兄弟ではないか。

アンティゴネー　一人の母、同じ父から生まれた兄弟です。
クレオーン　ならばなぜ、その者からすれば不敬となる奴に、礼を尽くすのだ。
アンティゴネー　死んで遺体となった人は、そんな意見に与《くみ》すまい。
クレオーン　その遺体とかの不敬な男に同等の礼を尽くすならば、話は別だ。
アンティゴネー　いいえ、亡くなった方《かた》は、奴隷でなく兄弟だった。
クレオーン　この国を滅ぼそうとした奴だ。一方は、守って立ち上がった。
アンティゴネー　それでも冥界の神《ハーデース》は、このような掟を求めている。
クレオーン　しかし、立派な人間は受け取るものが悪人と同じではない。
アンティゴネー　そんなことがあの世でも正しいかどうか、誰が知るものか。
クレオーン　敵《かたき》は、死んでも味方にはならぬ。
アンティゴネー　私は憎しみを共にするのではなく、愛を共にするよう生まれついているのです。
クレオーン　愛さねばならぬというのなら、あの世へ行ってから、亡者を愛するのだな。わしが生きている限りは、女の支配は受けぬ。

（イスメーネー、王宮より登場）

コロスの長　ほら、こちらへ、戸口の前にイスメーネーが。　アナパイストス
姉の身を案じて涙を流している。
眉にかかる憂いの雲が、
美しい頬を濡らして、
火照《ほて》った顔を醜くしている(64)。

クレオーン　お前だ、まるで毒蛇のように邸の内に潜んで、
人知れずわしの血を吸っておったな。王座を覆《くつがえ》そうとする
二つの災厄を養いながら、わしも迂闊《うかつ》であった。
さあ、申してみよ。お前もこの埋葬の片棒を担いだことを
認めるか、それとも誓って知らぬと白《しら》を切るか。

イスメーネー　この姉が認めて下さるなら(65)、私《わたし》はそれをいたしました。
その責めは、私も一緒に負うつもりです。

アンティゴネー　いいえ、そんなことは正義がお前に許さない。

お前はしたくなかったのだし、私も仲間に入れなかった。

イスメーネー　でも、あなたの不幸を見ては、私も苦難の道連れになるのを恥とは思いません。(66)

アンティゴネー　誰がしたことかは、冥界《ハーデース》の神と地下の人たちが知っている。口先だけで味方ぶる味方は、私は嫌いだ。

イスメーネー　どうぞ、お姉さん、あなたと一緒に死んで、死んだ兄の供養をする資格がない、などと仰言《おっしゃ》らないで。

アンティゴネー　私と一緒に死ぬなんて、やめて。手を下してもいないことを、したようには言って欲しくない。私が死ぬだけで充分だ。

イスメーネー　あなたに取り残されては、どんな生きる望みがあるというの。

アンティゴネー　クレオーンに訊くがいい。あの人の機嫌取りなんだろう。

イスメーネー　なぜそんなに私を苛《いじ》めるの。何の得にもならないのに。

アンティゴネー　本当だ。お前を嘲笑《あざわら》っているが、笑いながら自分を苦しめている。

イスメーネー　せめて今でも何か、あなたの力になれることはないかしら。

アンティゴネー　身を全うすることだ。お前が無事でいても羨みはしない。

イスメーネー　ああ、情けない。あなたと定めを共にさせてもらえないの？

アンティゴネー　お前は生きることを、私は死ぬことを選んだのだ。

イスメーネー　でも、私もちゃんと考えを述べた上でこうなったのよ。

アンティゴネー　お前の考えをよしとする人も、私の考えをよしとする人もいたということだ。

イスメーネー　それでも、私たち二人の罪は同じです。

アンティゴネー　安んじて生きるがいい。お前は生きているのだし、私の命は、死んだ人たちに尽くすために、とっくに死んでいる。

クレオーン　この二人の娘どもときたら。一人はたった今、正気を無くしたようだが、もう一人は生まれながらの痴《し》れ者《もの》だ。

イスメーネー　だって、王様、生まれつき備わる分別も、不仕合わせな者には留まってくれず、去ってしまいます。

クレオーン　悪人と悪事を共にすることを選んだお前が、正にそうだ。

イスメーネー　この姉なしで、どうして私一人で生きてゆけましょう。

クレオーン　この姉などと言わぬことだ。もはや亡き者の数だ。

イスメーネー　それでは、ご子息の花嫁の命を奪うのですか。[67]
クレオーン　他の女の畠を耕せばよい。[68]
イスメーネー　あの方とこの姉ほど、似合いの縁組みはありません。
クレオーン　悪い女を息子の嫁になど、まっぴらだ。
イスメーネー[69]　ああ、最愛のハイモーン。父上があなたに何という侮辱でしょう。
クレオーン　お前も、お前のいう結婚話も、もううんざりだ。
イスメーネー　では本当に、ご子息からこの姉を奪うおつもりですか。
クレオーン　冥界《ハーデース》の神がこの結婚を取りやめにしてくれよう。
イスメーネー　この人が死ぬのは、どうやら決まったことのようですね。
クレオーン　お前にもわしにもな。家来ども、もはや猶予はならぬ、
こやつらを中に連れて入れ。今より後はこの者たちも、
女らしくさせて、自由に動き回らせてはならぬ。
肝が据わった男でさえ、いよいよ冥界《ハーデース》の神が
命の傍《そば》まで近づくのを見ると、逃げ出すものだ。
（アンティゴネーとイスメーネー、家来に曳かれ王宮の中へ退場）

［第二スタシモン］

第一ストロペー

コロス　不幸の味を知らずして生涯を終える者こそ幸せ者。
神の手もて家を揺すぶられる者には、
災厄の止むことなく、一族をくまなく襲う。
その様あたかも、海神《わたつみ》の波のうねりが、
吹きすさぶトラキア颪《おろし》(70)に煽られ、
深海の闇に襲いかかる時、
水底《みなそこ》より、か黒き砂を巻き上げ、
風に泥《なず》み、波に撃たれる切岸《きりぎし》が、
苦しみの呻《うめ》きをあげるのにも似る。

第一アンティストロペー

尋ねれば、ラブダコス家は昔より、

亡き人の禍《わざわ》いに禍いの重なり(71)、
代々《よよ》を重ねるも、いかなる神の
祟りか、救いも見えぬ。
今また、オイディプースの館に残る
最後の根(72)を、光明が照らしていたが、
それをしも、地下の神々の
血まみれの刃が、愚かなる言の葉が、
狂乱の心が、刈り取る(73)。

第二ストロペー

ゼウスよ、人の子がいかに踏み越えようと、
あなたの力を抑えることができようか。
その力は、〈もの皆を老いさせる〉眠り(74)にも、
神々の司る疲れを知らぬ月々にも、
負かされぬ。時を越え、老いを知らぬ
絶対者として、あなたは、眩《まばゆ》いばかりに

輝きわたるオリュンポスに君臨する。
この掟は向後《こうご》も、
未来にも、また過去にも、
生きていよう。〈大いなる栄えは、
破滅を伴わずして、いかなる人も訪れぬ。[75]〉

第二アンティストロペー

遠くさまよう希望は、
多くの者には益となるが、
空しい欲望を抱かせ、これに惑わされる者もまた多い。
惑わしは、知らぬ間に忍び寄り、
熱い火に足を焼かれるまで気がつかぬ。
いかなる人の知恵か、
名高い言葉が知られている。
「神によりその心を、
破滅へと向けられた者には、

悪もまた、遂には善に見える。[76]
破滅を伴わぬ生を送れるのは束の間に過ぎぬ[77]」と。

［第三エペイソディオン］

コロスの長　ほれ、ハイモーンがこちらに、あなたの
アナパイストス
末のお子が。〈結婚を約束した花嫁の[78]〉
許嫁《いいなずけ》のアンティゴネーの運命に
心を痛め、新婚の夢破れて、
悲しみのあまりお出でになったのか。

クレオーン　すぐにも分かろう。占い師の言うよりはっきりとな。
（ハイモーン、パロドスより登場）
倅《せがれ》よ、結婚を約束した女の判決が下されたと聞いて、

父親に対して怒り狂ってやって来たのでは、よもやあるまいな。
わしは、たとえ何をしようと、お前には大事な親であろうな。

ハイモーン　お父さん、私はあなたの息子です。あなたは有益な意見で、
私の規範となって下さいますし、私もそれに従うつもりです。
あなたが立派に導いて下さるなら、私には
どんな結婚も、それ以上のものではありません。

クレオーン　そうだ、倅よ、その心がけが肝要だ。
何事につけ、父親の意見には一歩下がることだ。
そのためにこそ男たちは、従順な子孫を儲けて、
家に置きたいと願うわけだ。父親がしたと同じように、
子供らも、敵には害悪をもって報復し、
味方には、敬意を払うようにさせるためにな。
逆に、役にも立たぬ子供を生んだ者は、
自分には苦労の種を、敵には大層もない
嘲笑の種を生んだもの、と言うほかあるまい。

そこで、倅よ、女ゆえに快楽に負けて、分別を
捨て去るようなことがあってはならぬ。悪い女を
伴侶として家に置くのは、冷たいものを
抱いて鍾愛《しょうあい》するようなものと心得ておけ。
身内の悪人ほど深い傷はなかろうではないか。
されば、あの娘などは敵として唾を吐きかけ、
冥界《ハーデース》の誰になりと嫁がせてやるがよい(79)。
そうであろう、国中でただ一人、公然と
命令に服さぬあの女を、このわしが捕えた以上、
わしはこの国に対して、嘘つきになるわけにはゆかぬ、
死刑にする。それに対して娘が、血縁の守り神ゼウス(80)に
訴えるなら訴えるがよい。もしわしが、一族の内の者どもの
無秩序を増長させるなら、外《そと》の者どもはますますそうなるではないか。
家庭のことで行い正しい男ならば、
国事においても、間違いなく正義の士であるはずだ。

矩《のり》を踰《こ》えたり、掟を犯したり、
あるいは、権力者に指図をしようなどと思う奴は、
わしから称賛を受けることはありえない。
〈しかしながら、国が任じた人物の言うことは、
些細なことも正しいことも、否、その反対のことでも、聞かねばならぬ。(81)〉
そのような男こそ、(82) わしは自信を持って言うが、
優れた支配者ともなり、また進んでよき臣下ともなるし、
戦場の嵐の中に立たされた時には、
誠実で頼れる兵として、友を守って踏み止まるのだ。
不服従に勝る害悪はない。
それが国を滅ぼし、それが家々を
荒廃させ、それが味方の軍隊を
算を乱して潰走させる。他方、まっとうに生きる
人々のところでは、服従が多くの人命を救っている。
　そういうわけで、よき秩序は守らねばならぬ。

女に屈服するなど、もってのほかだ。
どうしてもというなら、男に追い落とされる方がましだ。
そうすれば、女どもに負けた、と言われずに済む。
コロスの長　年齢《とし》のせいで耄碌《もうろく》しているのでなければ、[83]
私たちには今のお言葉は、賢明なご発言と見受けられます。
ハイモーン　お父さん、神々は人間に分別を植え付けて下さいましたが、
これこそ、どんな宝にも勝る貴重なものです。
あなたの今のお言葉の、どの点がまともでないなどと、
私には言えませんし、言えるようになりたいとも思いません。
〈しかし、他の考え方がよいということもあるかもしれません。[84]〉
あなたは下々の発言や行動、あるいは非難の声など、
全てに気を配っていられるわけではありません。
一般市民にとっては、あなたを目にすることさえ恐ろしく、
あなたが耳にして不興を覚えるようなことは言えないからです。[85]
しかし私には、こんな噂も陰ながら耳に入って来るのです。

国中があの娘のことをどれほど嘆いているか、
女という女の中でも、一番、そんな目に遭うべきでない女が、
世にもあっぱれな行いをして、この上なく惨めに死んでゆく、と。
何しろその女は、殺し合いの中で倒れた実の兄が、
埋葬もされずにあることを許さず、生肉を啖《くら》う野犬や
野鳥に喰い荒らされるのを放っておかなかった、
それこそ黄金の栄誉に与《あずか》るのが相当ではないか、
このような声なき声が、闇の中を広がっているのです。
　私にとっては、お父さん、あなたが仕合わせでいて下さる、
そのこと以上に高価な宝はありません。
だって子供にとっては、名声嘖々《さくさく》たる父親ほど、
大きな誇りがあるでしょうか。父親にとっての息子もそうでしょう。
そこで、あなたの仰言《おっしゃ》ることは正しく、他は間違っているなどと、
ただ一つの考え方しかせぬことはお止め下さい。
ただ一人自分だけが、分別を弁《わきま》えているとか、他人にはない

弁舌とか気概を持つ、と思いこんでいるような人は、
えてして蓋《ふた》を開けてみると空っぽであるものです。
　ところが、人間は、たとえ賢い人であっても、多くのことを
学び続けて我《が》を通しすぎないのは、決して恥ずかしいことではないのです。
ご覧になるでしょう、水嵩《みずかさ》を増した冬の流れのほとりでも、
流れに逆らわぬ木は、枝も無事でいますが、
流れに張り合う木は、根こそぎ倒されるのです。
同じように、船の船頭が帆《ほ》脚綱《あしづな》を一杯に張ったまま、
少しも弛《ゆる》めないでいると、船は転覆して、それから後は、
漕座《こぎざ》を逆さまにして航海することになります。
ですから、どうぞ怒りを鎮めて、お気持ちを変えて下さい。
若輩ながら私からも意見を言わせていただけるなら、
人として、生まれつき全ての面で、
知識に溢れていれば万々歳です。
しかし、世の中、なかなかそうはいかぬもの故、

そんな場合は、善き忠言をなす人から学ぶのも立派なことです。

コロスの長　王よ、若様のお言葉が的を射たものなら、学ばれるべきです。また若様も父上からな。お二方とも良いことを仰言《おっしゃ》いましたのでな。

クレオーン　何だと、この年齢《とし》にもなったわしらが、こんな年端もゆかぬ若蔵から、分別を教えてもらえだと。

ハイモーン　ええ、間違ったことではないのですから。たとえ若蔵でも、私の年齢《とし》より、私のすることを考慮して下さらねば。

クレオーン　お前がすることといえば、謀叛人を敬うことではないか。(86)

ハイモーン　私は悪人を敬えなどと言うつもりは毛頭ありません。

クレオーン　では、この娘はそんな病毒に取り憑かれてはいないというのだな。

ハイモーン　テーバイの民はみな、それを否定しています。

クレオーン　では、国民がわしに統治の仕方を教えるのか。

ハイモーン　余りにも若蔵じみた仰言りようではありませんか。

クレオーン　では、わしは他人の顔色を見ながら国を治めなければならぬのか。

ハイモーン　ただ一人のものであるようなのは、国ではありませんもの。

クレオーン　国というのは権力を持つ者のものとは認められていないのか。

ハイモーン　あなたは人の住まぬ土地なら、一人でさぞ立派に治められましょう。

クレオーン　こやつ、どうやら女の味方をするらしいぞ。

ハイモーン　あなたが女ならそうします。あなたのことを案じているからです。

クレオーン　どうしようもない悪《わる》め、父親と正邪の議論をしながらか。

ハイモーン　あなたが正義に悖《もと》る間違いを犯すのを見ているからです。

クレオーン　敬虔に支配を行うのが間違いだというのか。

ハイモーン　神々への敬意を踏みにじるのは敬虔な態度とは言えません。

クレオーン　いやはや胸くその悪い、女にも劣る心根だ。

ハイモーン　でも、私を恥ずべき了見に負けた奴、とは思われないでしょう。[87]

クレオーン　ともかく、お前の発言は全て、あの娘のためだ。

ハイモーン　あなたと私のため、それに地下の神々のためでもあるのですよ。

クレオーン　お前はその娘が生きて世にあるうちは、結婚できぬ。

ハイモーン　ではその娘は死ぬのでしょうが、そうするともう一人死にますよ。[88]

クレオーン　よくもぬけぬけと、そのような脅しまでしくさるか。

ハイモーン　あなたに私の意見を述べるのが、どうして脅しになるのだ。
クレオーン　分別のかけらもないくせに、説教などして吠え面《づら》をかくぞ。
ハイモーン　もし父親でなかったら、あなたこそ分別なしだと言うところだ。
クレオーン　女の奴隷のくせに、わしを言いくるめようなどとするな。
ハイモーン　あなたは喋りたいだけ喋って、聞く気はないのだな。
クレオーン　何を吐《ぬ》かすか。よいか、オリュンポス[89]の峰に誓って言うが、
悪口雑言《あっこうぞうごん》でわしを非難して、無事では済まぬぞ。
（家来に）憎たらしい娘を連れて参れ。目の前で、即刻、
花婿《はなむこ》のいるすぐ傍《そば》で、死なせてやろう。
ハイモーン　いいや、そんなことができると考えぬがいい。
彼女は私の傍では死なせない。あなたももう二度と、
この私の顔を、その目で見、目撃することはあるまい[90]。
後は仲間内の唯々諾々連を相手に、狂っているがよい。
（ハイモーン、パロドスより退場）

コロスの長　王よ、あの方は腹を立てて、あたふたと行ってしまいましたぞ。
あの年頃の方のお心は、傷つくと激昂するものでしてな。
クレオーン　させておけ。勝手に人間の分を越えて思い上がらせておけ。
だが所詮、二人の娘を死から救うことはできぬぞ。
コロスの長　では、やはり二人とも殺してしまうおつもりですか。
クレオーン　そうか、手を下さなかった方は止めだ。よく言ってくれたな。
コロスの長　どのような仕方で、あの娘を死なせるお考えなのです。
クレオーン　人跡《じんせき》途絶えたあたりへ連れてゆき、
石の洞穴に生きながら閉じ籠めてやる。
死の穢れを避けるだけの食い物は置いてやるが[91]、
それも、国全体が穢れに染まらぬためだ。
あいつはそこで、唯一崇敬する神、冥界の神《ハーデース》に
願って、何とか死なずに済むかもしれぬし、
あるいはまた、漸くその時になって、冥土の者たちを
敬うのは、無益な苦労だと悟るであろう。

[第三スタシモン]

第一ストロペー

コロス　戦えば敵なきエロースよ。[92]
財宝に襲いかかり[93]、
夜もすがら、柔肌《やわはだ》の
乙女の頬に宿る、エロースよ。
海原《うなばら》を越えて行くかと思えば、
また、野に伏すものの住処《すみか》を訪《おとな》う。
不死なる神といわず、空蟬《うつせみ》の人といわず、
あなたを逃れうる者とてなく、
あなたを宿す人の、心は狂う。

第一アンティストロペー

あなたは正しき人の心をも、

不正へとねじ曲げ、破滅に導く。
この度の男たちの、骨肉の
争いをかき立てたのも、あなたの仕業。
勝ちを制するのは、麗《うるわ》しい花嫁の
眼《まなこ》より発する明《さや》かなる憧れ、そは大いなる
掟の傍《そば》に座を占め、世を統《す》べている。(94)
これぞ抗う術《すべ》もなき愛の神、
アプロディーテーの戯れ。

［第四エペイソディオン］

（アンティゴネー、衛兵に曳かれて王宮より登場）

コロスの長　いや、こんなものを見ては、私までもが
いよいよ掟を外れてしまう。　　　　アナパイストス

もはや涙の泉を堰《せ》きあえぬ。
人みなが眠りにつく奥《おく》つ城処《きどころ》へと、
アンティゴネーがこうして歩み行くのを見てはな。

［コンモス(95)］

第一ストロペー

アンティゴネー　見ておくれ、祖国の人たち、
最後の道を歩み行く私を。
これを限りの、
最後の陽《ひ》の光を
仰ぐ私を。人みなを眠らせる
冥界の神《ハーデース》が、生きながら私を
アケローン(96)の岸へと
連れて行く。婚礼の歌に

見送られもせず、花嫁の
部屋に、言祝《ことほぎ》の歌も響かず、
アケローンに嫁《とつ》ぎゆく。

アナパイストス

コロスの長　あなたは世に知られ、称えられて、
死者の隠処《かくれが》へとお発《た》ちになるのではないか。
致命の病に襲われたのでもなく、
剣の支払いを受けたのでもない、
死すべき人の身でただ一人、自らの意志で、
生きながら冥界《ハーデース》へと降ってゆかれる。

第一アンティストロペー

アンティゴネー　聞いたことがある、プリュギアから
嫁ぎ来たタンタロスの娘(97)は、世にも哀れな最期を
遂げたと。シピュロスの山の頂きでのこと、
岩が育ち、纏《まと》いつく木蔦《きづた》のように、

その女《ひと》を、取りこめた。
人々の伝えでは、
溶けてゆくその身に、
降る雨と、雪の止む時もなく、
泣き暮らす眉の下、
喉元をしとどに濡らす。[98] その女さながらに、
神様は私を眠りにつかそうとする。[99]

アナパイストス

コロスの長　いえいえ、あちらは神様、神の子で、
我らは人の子、死すべき身。
とはいえ、身罷《みまか》った女にとっては、世にある時も、
また死後にも、半神たちと定めを
分かち合ったと謳われるのは、大いなる誉れ。[100]

第二ストロペー

アンティゴネー　まあ、私は笑われているのだ。

父祖の神々にかけて訊く、
まだ死んでもいない、目の前にいる私に、
なぜ酷《むご》いことを言うのです。
ああ町よ、町の
分限者のそなたたち、
ディルケー[101]の源よ、
兵車を誇るテーバイの聖域よ、
せめてそなたらに見届けて欲しい。
親しい人たちの哀悼も受けず、いかなる掟ゆえか、
世にも珍しい墓の、築き成したる
石組へと、私は向かう。
何と不仕合わせな。〈人の子と共にある
人でなく、死者と共にある死者でもない。[102]〉
この世の人ともあの世の人とも隔てられて。

コロス　大胆不敵も行くところまで行きついて、
正義《ディケー》の女神の高い台座に、
蹴躓《けつまず》いたな、吾子《あこ》よ。
父親の何かの罪を償っておいでだ。

第二アンティストロペー

アンティゴネー　私の胸の痛みの、
一番痛いところに触れたな。
それこそは繰り返される父上の定め、
名高いラブダコス一族に
降りかかる、我らが
宿命の全てなのだ。
ああ、母上の臥処《ふしど》の過ち、
私の父と不幸な母との、
近親の閨《ねや》の交わり。
何という人たちから、惨めな私は生まれてきたことか。

その人たちの所へ、私はこうして、
呪われて、嫁《とつ》ぎもせず、共に暮らしに行く。
ああ、忌わしい縁組みを
結んだ兄上[103]、あなたはその死によって、
いまだ生ある私の命を奪っておしまいだ。

コロス 敬う心は敬虔に似るかもしれぬ。
しかし、権力を気遣う者からすれば、
権力は断じて犯されてはならぬもの。
独り決めをするご気性が、あなたを滅ぼしたのですぞ。

エポードス[104]

アンティゴネー 哀悼も受けず、友もなく、婚礼の歌も
知らぬまま、可哀想な私は、
死出の旅路を曳かれゆく。
哀れな私には、もはやこの日輪の

聖なる眼《まなこ》を仰ぐことも許されぬ。
私の非運に涙を流し、
嘆いてくれる愛しい人は、一人もいない。

クレオーン　死を前にした人間が、いざとなれば、歌や嘆きを
繰り出して止めぬことくらい、お前たち、分からぬのか。
さっさと連れて行かぬか。わしが命じたとおり、
岩穴の墓に閉じ籠めて、
一人っきりに放置するのだ。死にたいと思おうが、
その墓を住処《すみか》にして生をつなぎたいと思おうがな。
この娘に関する限り、わしらに穢れは及ばぬわけだ。
いずれにしても、娘から地上の生活は奪われるのだ。

アンティゴネー　ああ墓よ、ああ花嫁の間《ま》よ、ああ永遠《とわ》の牢屋《ひとや》なる
土深き住処《すみか》よ。私はそこへ、懐かしい人たちのところへ行く。
ペルセパッサ(105)は身罷《みまか》ったこの人たちを、

夥《おびただ》しく死者の数に迎え入れたものだ。
私はその最後の一人、誰よりも惨めに、
常命《じょうみょう》の尽きる前に降ってゆく。
でも、そこへ行けば心底楽しみにしていることがある。
私の到着は父上に喜ばれるだろう。そして母上、
あなたにも歓迎されましょう。大切な兄上、[106]あなたにも。
あなた方が亡くなった時、私がこの手で
湯灌《ゆかん》をし、装束を着せ、墓前《ぼぜん》の酒を
手向けたのだもの。それが今は、ポリュネイケース、
あなたの骸《むくろ》を世話したばかりに、こんな報いを受けている。
だけど、あなたに礼を尽くしたのは正しかったと、心ある人は見てくれます。[107]
だって、たとえ私が母として生んだ子供たちが、
また仮に夫が、死んで朽ち果てようとしていたとしても、
町の人たちに逆らって、こんな骨折りはしなかったはず。
それなら、いかなる理《ことわり》によってこんなことを言うのか。

夫ならば、たとえ死んでも別の夫が得られよう。[108]
子にしても、よし失ったとて、別の男から授かれよう。
しかし、母も父も冥界《ハーデース》にお隠れになった今となっては、
また生まれ来る兄弟などありえぬのです。
このような理から、ああ、大切な兄上、
誰にもましてあなたに礼を尽くしたのに、クレオーンには、
それが罪であり、不埒《ふらち》な恐ろしい所業と思われたのだ。
そして今、こうして腕ずくで私を捕《とら》え、連れて行こうとする。
夫婦の床も婚礼の歌も知らず、嫁《とつ》ぎの道にも
子育てにも与り知らぬこの私を。
それどころか、愛しい人たちからも見捨てられ、哀れや、
生きながら死者の奥《おく》つ城《き》へと向かうのだ。
　神々のいかなる正義を踏み外したというのだろう。
この上は、不仕合わせな私がどうして神々のご加護を頼む
必要があろう。誰を味方と呼べばよいのか。

敬虔にふるまい不敬の謗《そし》りを受けた以上は。
ともあれ、もし神々がこんなことを善しとされるのなら、
苦しい目に遭った私が間違っていたのだと認めよう。
だが、もしこの人たちが間違っているのなら、私に対する
非道なしうち以上の苦しみはありえないが、苦しむがいい。

コロスの長　この娘はこの期に及んでなお、　　アナパイストス
心中吹き捲く風に取りつかれておる。

クレオーン　さればこそ、衛兵どもは
愚図愚図していると、泣きを見るぞ。

アンティゴネー　ああ、その言葉は、
いよいよ死の傍《そば》まで来たということだ。

クレオーン　それは執行されないから安心しろ、
などと慰めるつもりはない。

アンティゴネー　ああ、テーバイの地の父祖伝来の町よ、

遠《とお》つ祖《おや》なる神々よ、（109）
私は曳かれて行く、いよいよだ。
テーバイの諸侯たち、見ておくれ、
王家の一族のただ一人の生き残りが、（110）
どんな連中からどんな目に遭わされているか、
敬虔の勤めを慎んで行ったばかりに。

（アンティゴネー、衛兵に曳かれパロドスより退場）

［第四スタシモン］

コロス　姿佳《よ》きダナエー（111）も、青銅の部屋に鎖《とざ》されて、　第一ストロペー
天空の輝きとの別れを耐え忍んだ。
墓さながらの室《むろ》に
隠され、幽閉されていた。

とはいえ、生まれは尊貴の身、なあ娘御よ、
黄金《こがね》の流れなすゼウスの胤《たね》を宿した方なのだ。
それにしても、運命の力の如きものの恐ろしさよ。
富も、軍神《アレース》も、城の櫓《やぐら》も、
波を蹴立てる黒き船も、
それからは逃れられぬ。

第一アンティストロペー

ドリュアースの子、癇癪持ちの
エードーノイ人の王(112)は、気性激しき
嘲《あざけ》りゆえに、ディオニューソスに
岩の牢屋《ひとや》に閉じ籠められた。
かくては、恐ろしく燃えたぎる狂気の力も、
滴一滴と消え失せる。男は悟った、心狂い、
嘲りの言葉を浴びせたのが、他ならぬ神であったと。
すなわち、神に憑かれた女たちや、

エウホイと叫びつつ振るう松明《たいまつ》を押し止《とど》めんとし、
縦笛愛《め》ずる詩神《ムーサ》(113)らを怒らせたのだ。

第二ストロペー

〈群青岩《ぐんじょういわ》の潮《うしお》のあたり、二つの海を繋ぐ
ボスポロスの岸と、トラキア人の住む(114)〉
サルミュデーッソスがある。町近くに鎮座する
軍神《アレース》が目にしたのは(115)、ピーネウスの
二人の息子に加えられたおぞましい重傷《おもで》、
残酷な連合いの手で盲目《めしい》にされた。
血まみれの手にした梭《ひ》の尖端で、
眼は撃ち抜かれ、傷は
復讐を求める眼窩《がんか》の明を奪う。

第二アンティストロペー

結婚の仕合わせつたなき母親から生まれた
哀れな者らは、窶《やつ》れ果て、哀れな身の上を嘆いた。

母は、素姓を辿れば、太古の
エレクテウス一族の姫君、
家郷を遠く離れた岩室《いわむろ》にて、
父の眷属《けんぞく》なる疾風たちの間で育てられた。
険しい岩山を駿馬の如く馳せる北風《ボレアース》の娘、
神の子であったが、永遠の運命女神《モイライ》は、
その女《ひと》にも襲いかかったのだ、娘御よ。

［第五エペイソディオン］

（テイレシアース[116]、童子に手を引かれてパロドスより登場）

テイレシアース　テーバイの諸侯らよ、吾《われ》ら二人は一人の目で見ながら、
連れ立って参りましたぞ。目の見えぬ者の道行きは、
こうして道案内に引かれてするものでな。

クレオーン　どうした、テイレシアース老人ではないか、変事でもあったか。
テイレシアース　吾《われ》が教えようほどに、あなたは予言者に従うのですぞ。
クレオーン　これまでも、そなたの意向から外れたことはないつもりだ。
テイレシアース　さればこそ、真っ直ぐに国の舵取りをして来られた。
クレオーン　証言してもよい、いろいろと有益なことをしてもらったな。
テイレシアース　今また、運不運の剃刀《かみそり》の上に立っておられることに気付かれよ。
クレオーン　何だと、そなたの物言いに怖気《おぞけ》だつではないか。
テイレシアース　吾《われ》の占いの兆《きざ》しを聞けば、お分かりになるじゃろう。
吾《われ》のためにあらゆる鳥の集まる所、昔より、
鳥占《とりうら》の座としている所に坐っていた時のことじゃ。
まるで聞き覚えのない鳥の声がする。鳥どもは不吉な、
意味のとれぬ狂った調子で鳴き騒いでおった。
血まみれの爪で互いに引き裂き合うのが、
吾にも分かったのは、激しい羽音《はおと》が教えてくれたからじゃ。
たちまち恐ろしくなってな、祭壇を火で覆って、

生贄《いけにえ》を焼く火を試すことにしたのじゃ。ところが生贄からは、
ヘーパイストス(117)は燃え上がろうとせぬ。代わりに、大腿骨(118)から、
じくじくと汁が滲み出て、熾火《おきび》の上に垂れる、
煙を立てる、飛沫《しぶき》を飛ばす、胆嚢《たんのう》は
弾《はじ》けて空中に飛び散る、大腿骨は、
覆っていた脂《あぶら》が溶け落ちてむき出しになる、こればかりじゃ。

　生贄の式は兆しを顕さず、占いはかくの如く
空しく終わったとは、この童子が教えてくれたこと。
吾《われ》が他の者を導くように、この者が吾を導いてくれるでな。
国がこのように病むのも、あなたの了見のせいじゃ。
この国の祭壇という祭壇、炉という炉がことごとく(119)、
野鳥野犬の食い散らした肉片に満ちておるではないか、
オイディプースの、非業の死を遂げた子息のものじゃ。
それがために、生贄を捧げて嘆願しても、はたまた、
大腿骨を燃やしても、神々はもはや受けてくださらぬし、

鳥どもも、殺された男の血のこびりついた脂《あぶら》を啖《くろ》うてからは、
吉兆を顕す叫び声を発してくれぬ。
　されば、吾子《あこ》よ、このことをとくと思案なされよ。人間は
皆等しく過《あやま》ちを犯すものじゃ。
しかし、ひと度過《あやま》っても、不幸に陥った後で、
癒しを求め、改めるに吝《やぶさ》かでない者は、
もはや無分別でも、幸《さち》に見放された者でもない。
片意地を張ることこそ、不首尾の元凶じゃ。
されば、死者には譲り、世になき者を
鞭打たぬことじゃ。死者を重ねて殺《あや》めるのがどうして武勇かの。
あなたの為を思えばこそ、善きことを申しておる。得になることなら、
善き忠言から学ぶことほど嬉しいことはないじゃろう。
クレオーン　ご老体、そなたらはまるで射手《いて》の如く、皆で
このわしを的に弓を引きおるな。〈占いの術さえも、
わしへの陰謀に使われずにはいない。その手合いによって〉(120)

疾《と》うからわしは裏切られ、売り渡されておったのだ。
せいぜい儲けるがよい。もしその気なら、サルデイスから
琥珀金(121)でも、インドの黄金でも、
買い入れるがよい。しかし、あの男を墓に隠すことはならぬ。
たとえゼウスの鷲(122)が、彼奴《きゃつ》を引っ攫《さら》い、
ゼウスの玉座に運んで、餌食にしようとしてもだ。
それを穢れと怖れ憚《はばか》り、あの男の
埋葬を許すようなわしではないぞ。人間の身で、
神々を穢すほどの力のある者は一人もないと、よく承知しておる。
テイレシアース老人よ、いかに狡智に長《た》けた人間でも、
儲けのために恥ずべきことを美しく言いなそうとする時には、
恥ずべき様《ざま》で躓《つまず》くものだな。

テイレシアース　情けないのう。
誰か知る者はおらぬのか、思いを致す者はおらぬのか。

クレオーン　何のことだ。どんな月並みの説教を垂れようというのだ。

テイレシアース　賢慮がどれほど最高の宝であるか、ということじゃ。

クレオーン　無思慮《ぶしりょ》が最大の害悪であるのと同じ程度、であろう。

テイレシアース　ところが、あなたがその病毒に冒されているのじゃ。

クレオーン　予言者に悪口で言い返すつもりはない。

テイレシアース　いいや、吾《われ》の予言が偽りだというのが、既に悪口じゃ。

クレオーン　予言者輩《ばら》はどいつもこいつも金銭《かね》が好きだからな。

テイレシアース　独裁者輩も醜い儲けがお好きじゃでのう。

クレオーン　そなたが非難しているのは主君だということを、承知しておるのか。

テイレシアース　勿論。吾《われ》のお陰でこの国を救い、治めている人じゃからな。[123]

クレオーン　そなたは勝れた予言者だが、悪に手を染める嫌いがある。

テイレシアース　胸の奥に秘めてきたことを、言わそうというのじゃな。

クレオーン　言ってみろ。但し、儲けのためにするのではないぞ。

テイレシアース　これまで吾の言葉が、あなたにそのように見られていたのか。[124]

クレオーン　わしの意向を売り買いして儲けは挙げられぬと知るがよい。[125]

テイレシアース　では言うが、よくよく知るがよい。あなたはもはや、

日輪の車駕の幾めぐりを閲《けみ》することなく、
その前に、あなたの腸《はらわた》より出でたるもの(126)の一つを、
屍《しかばね》に代わる屍として差し出すことになるじゃろう。
それは一つには、地上にあるべき者を地下に落とし、
生ける命の権利を奪って、墳墓に住まわせた報い、
一つには、地下の神々のものなる骸《むくろ》をこの地上にて、
定めを奪い、埋葬を奪い、不浄のままにしている報いじゃ。
死者の骸は、あなたにも天上の神々にも関わりなきものであるのに、
あなたによって、このように無惨なしうちを受けておる。
そのためじゃ、冥界《ハーデース》の神と諸神の遣わすエリーニュエス(127)、
遅れ駆けに破滅をもたらす怨霊たちが、
あなたをも同じ不幸で搦《から》めとろうと、待ち伏せているのじゃ。
このようなことを金銭《かね》で買われた者が申すかどうか、
考えてみるがよい。遠からずあなたの館に、
男ども女どもの嘆きの声が上がるじゃろうから。

それに、全ての国が敵意に燃えて騒ぎたてておる。(128)
〈全ての国の兵士らの〉引き裂かれた遺体を、犬や獣が、あるいは、炉を備えた祖国まで不浄の匂いを運び行く羽根ある鳥たちが、食い散らして葬《とむら》いとしたからじゃ。わしの気持ちを逆撫でしたからじゃぞ、こんなことを怒りに任せて、まるで射手《いて》の如く、あなたの胸に向けて、過つことなき矢として放ったのは。その灼熱の痛みは逃れようもあるまい。

さあ、童子よ、家へ連れて帰ってもらおうか。そこのお人は、若い者らに向かって鬱憤《うっぷん》を晴らしているじゃろう。もそっと穏やかな物の言いようを身につけ、今よりましな心の持ちようを学ぶじゃろう。

（テイレシアース、童子に手を引かれてパロドスより退場）

コロスの長　王よ、あの男は恐ろしい予言を残して立ち去りました。私どもの承知するところ、このとおり、黒髪変じて

白髪を戴くようになってこの方、あの方が
この国に対して嘘のお告げをしたことは一度もありませぬぞ。
クレオーン　自分でも分かっているだけに、胸騒ぎがするのだ。
譲るのは恐ろしいが、さりとて逆らえば、
わしの我意が破滅の鳥網《とりあみ》にぶつかることになるからな。(129)
コロスの長　メノイケウスの御子《おこ》よ、ここは賢慮が必要ですぞ〈……〉(130)
クレオーン　では、どうすればよいのか、言ってくれ。言うとおりにするぞ。
コロスの長　行って、まず娘を掘り下げた牢屋《ひとや》から解放し、
野ざらしの遺骸には、墳墓を築きなさりませ。
クレオーン　そうするのがよいということは、譲れということだな。
コロスの長　それも、王よ、一刻も早く。神々の遣わす禍霊《まがつひ》は駿足で、
思慮に欠ける者らの先回りをいたしますゆえ。
クレオーン　くそめ。忍びがたいが、決心を翻して、
するぞ。必然の定めと負け戦をするわけにはいかぬ。
コロスの長　では、行って、それをなされよ。他人に任せてはなりませぬ。

クレオーン　このとおり、このまま出発するぞ。いざ、いざ、供の者、
ここにおる者もおらぬ者も手に斧を執って、
かしこに見える場所へと急げ。
わしは、こう考えを変えた以上は、
この手で娘を縛《いまし》めたように、この手で解放してやろう。
どうやら、世に定まった掟を守って、
一生を終えるのが最善のようであるからな。
（クレオーン、供らと共にパロドスより退場）

［第五スタシモン］

コロス　第一ストロペー
多名《おおな》持《もち》の神、カドメイアなる
花嫁の愛《めぐ》し子(131)よ。
雷鳴殷々《いんいん》たるゼウスの

御子《みこ》、世に知られたるイタリア[132]を
守護し、エレウシースなる
デーオー[133]の、諸人《もろびと》を迎える
山懐《やまふところ》を領《うしは》く、バッコスよ。
バッカイ[134]の母なる都テーバイの、
イスメーノス[135]の潺湲《せんかん》たる流れのほとり、
猛々しい竜の
牙播《ま》かれたる地に住みたまう。

第一アンティストロペー

二瘤《ふたこぶ》の岩山の向う、
バッコスに従う、コーリュキオンの
ニュンフらが行き交うところ、
火煙《ひけぶり》吹く松明と、カスタリアーの泉が、
あなたの目撃者[136]。
あなたを送る行列は、ニューサ[137]の山並みの、

木蔦《きづた》の覆う丘の辺と、
葡萄《ぶどう》さわに実る緑の岸辺。
神さびたエウホイの
叫びに送られて、あなたがテーバイの
街衢《がいく》を訪れたまうとき。

第二ストロペー

雷火にて果てたまいし母君とあなたは、
ありとある国にもまして、
この国を尊びたもう。
国中《くぬち》ことごと、由々しき
病毒に取りつかれたる今こそ、
浄めの足どりもて、出でましたまえ。パルナッソスの
斜面《なぞえ》を、はたまた泣き騒ぐ瀬戸を越えて。[138]

第二アンティストロペー

いざや、火を吐く星々の

舞い群の長《おさ》、(139)夜もすがら、
響く歌声の音頭取り、
ゼウスの御子よ、顕れたまえ。
王よ、あなたを配剤者イアッコスとして
称えつつ、一夜《ひとよ》さじゅう、狂い踊る
テュイアスたちを供に従えて。(140)

［エクソドス］

（報せの者、パロドスより登場）

報せの者　カドモスとアンピーオーン(141)の城近くに住まう方々、
人間の一生で、一概に褒めたり貶《けな》したりできるほど、
不動安定したものはありませぬな。
それというのも、仕合わせよき者も不仕合わせな者も、

運がもり立て、また運が突き落とすのが世の常ですから。
今ある境遇の一寸先を、人間に予言できる者などおりませぬ。
クレオーン様にしても、私に言わせれば、人に羨まれるお方でした。
敵の手からこのカドメイアの国土をお救いになり、
国の全権を一手に掌握して、
導いて来られ、高貴なお子たちにも恵まれておいででした[142]。
それが今や、全て失われたのです。人間、歓びが
なくなってしまったら、その人はもはや生きているとは
申せませず、生ける屍だと思います。
望むなら、家に巨万の富を積むのも宜しい、
王者の流儀で暮らすのも宜しかろう。しかし、そこに喜びが
欠けているなら、その余のものを、煙の影ほどの値《あたい》ででも、
誰からも買う気にはなりませぬ、歓びと比べますと。

コロスの長　これはまた、王家のいかなる重荷を伝えに参ったのだ。

報せの者　人が死にました、生きている人のせいで。

コロスの長　で、殺したのは誰だ、倒れたのは誰だ、言ってくれ。
報せの者　ハイモーン様がお果てになりました。手ずから血を流して。(143)
コロスの長　それは父上の手でか、ご自身の手によってか。
報せの者　父上の犯した殺人に憤って、我と我が手によって。
コロスの長　ああ、予言者よ、あの言葉を寸分違わず実現させたな。
報せの者　このような次第ゆえ、善後策を講じて下さらねばなりません。
コロスの長　ほら、お気の毒なエウリュディケー様がすぐそこにお見えだ。
クレオーン様の奥方だ。ご子息のことをお聞きになったか、
それとも偶然か、お邸の奥から出ておいでなされた。

（エウリュディケー、王宮の中央扉より登場）

エウリュディケー　町の人たちがお揃いではないか。パッラス(144)女神に、
お祈りを捧げに行こうとして、戸口に
向かうところで、話は聞きました。
扉を開けようとして、ちょうど閂《かんぬき》を

外しかけた時です。この家の不幸を告げる話し声が
耳を打ちました。恐ろしくて、後ろざまに
腰元たちに倒れかかり、気を失ってしまった。
どんな話であったのか、もう一度話しておくれ。
私も不幸の味を知らぬ女ではない[145]、聞きましょう。

報せの者　奥方様、私はその場にいた者として、真実の言葉を、
何一つ省かずにお話し致します。
どうして後で嘘つきだと発覚するようなことをお話しして、
あなたをお宥《なだ》めする必要がありましょうや。真実こそ常に正道です。
私が道案内となって、あなたの背の君のお供をして、
平原の外れまで参りますと、そこにはポリュネイケース様のご遺体が、
野犬に食いちぎられた無惨な姿で、まだありました。
私たちは先ず、道の辺の神とプルートーン[146]に、
お慈悲を垂れ、怒りを鎮めて下さるようお祈りして、
儀軌《ぎき》に則り遺体を洗い浄めると、折ったばかりの枝を積んで、

食い残された遺体を集めて焼きました。
そして、産土《うぶすな》の土で高々と塚を
盛り上げてから、今度は、石を敷き詰めた室屋《むろや》に向かい、
娘御と冥界の神《ハーデース》との婚礼の間《ま》に入って行こうとしたのです。
すると、名ばかりの花嫁の間のあたりで、甲高い
悲嘆の声がするのを、遠くから聞きつけた者がいて、
クレオーンの殿様に報せに走ります。
殿様はさらに近づくほどに、意味不明の
苦しげな叫び声に取り囲まれて、世にも痛ましい
呻《うめ》き声を発せられたのです。「何と哀れなこの身だ。
わしは予言者なのか。これまで行き過ぎた道という道の中でも、
凶運の極まった道を行くのか。
息子の声がわしを呼んでいる。さあ、供の者ども、
傍《そば》まで急げ。墓に到着したら、
石組みを引きはがして、裂け目から潜りこみ[147]、

入口まで行って、聞こえるのがハイモーンの声か、
それともわしが神々に誑《たぶら》かされているのか、見てくれい」と。

絶望的な殿様の命令を受けて、
目を凝らしました。すると、墓室《ぼしつ》の一番奥に
見えましたのは、首を吊った女の姿、
亜麻糸を首縄に編んで巻きつけていました。
そして、女の胴中《どうなか》に身を投げかけ、しがみついている男の姿、
地下に生きる花嫁を失ったこと、父親の仕うち、
それに見果てぬ夫婦の契りのことなどをかき口説いていました。

殿様はこれを[148]ご覧になるや、胸を裂くような嘆き声を発して、
二人の所へ[149]入って行くと、泣き叫びながら呼びかけます。
「おお、可哀想に。何ということを仕出かしたのだ。[150]一体、
何のつもりだ。いかなる不幸で正気を無くした。
出て来てくれ、倅《せがれ》や、嘆願者として頼んでいるのだ。」

しかし若様は、強暴な目で相手を睨みつけると、

顔に唾を吐きかけ(151)、一言の答《いら》えもせずに、両刃《もろは》の
剣を引き抜きましたが、父上が、さっと
身を躱《かわ》したため、仕損なったのです。すると不幸なあの方は、
ご自身に怒りを向けて、やにわに剣に身を預け、
刀身の半ばまで脇腹に突き立てると、なおも気は確かに、
ぐったりとした腕に娘を抱きしめようとするのです。
荒い息の下で、真っ赤な血しぶきを娘の白い頬に、
奔流のように注ぎかけます。
骸《むくろ》を抱いて骸が横たわっています。お気の毒に、
冥界《ハーデース》の神の館でやっと祝言を挙げられたが、
この世では、思慮を欠くということが、人間に取りつく
どれほど大きな禍《わざわ》いかということを、証明されたわけです。

（エウリュディケー、王宮の中央扉より退場）

コロスの長　これはどう推し量ればよかろうか。奥方は、

善いも悪いも一言も仰せられずに、また行ってしまった。
報せの者　私も驚いたが、希望がないわけではない。
奥方はご子息の悲報を聞いて、公に向けて
嘆くことはよしとせず、お邸の中で身内だけの
哀悼を行うよう、腰元たちに指図するおつもりではないか。
滅多なことをなさるほど、よき分別を知らぬ方ではありませぬから。
コロスの長　さあ、どうであろう。私には無意味な大騒ぎ同様、
度が過ぎた沈黙も、不気味な兆しのように思えるが。
報せの者　奥方がたぎりたつ胸の裡《うち》に、果たして何かを隠して、
洩らさずにいるのではないか、お館の中に入って、
知ることにしよう。何しろあなたの言うとおりだ。
度が過ぎた沈黙の不気味さがあるからな。

（報せの者、王宮の中央扉より退場）

アナパイストス

コロスの長　ほれ、王ご自身がこちらへやって来られた、

一目でそれと分かる過ちの形見を手に抱いて。[152]
こう言ってよければ、余人のせいではない、
自ら犯した過ちゆえの破滅だ。

［コンモス[153]］

（クレオーン、ハイモーンの遺体を運ぶ従者と共にパロドスより登場）

第一ストロペー

クレオーン　ああ、
浅はかな心より出でたる過ち、
頑《かたくな》に、死を招き寄せた。
殺す者と死ぬる者に別れた親子を、
目のあたりにするそなたらよ。[154]
仕合わせに見放されたる我が謀《はかりごと》かな。
ああ、倅よ、若くして若き定めに遭う。

悲しや、悲しや。
お前は死んだ、逝《い》ってしまった、
お前ではない、わしの無分別ゆえに。

コロスの長　残念ながら、正義を見るのが遅すぎたようです。

クレオーン　無念だ。
今こそ悟る惨めさや。わしの頭をあの時、
あの時神が、万鈞《ばんきん》の重みで
打ちすえ、わしを人外《にんがい》の道に放り込んだ。
わしの喜びを覆《くつがえ》し、踏みつけになされてな。
ああ、ああ、人の子の労《いたず》きの痛ましさ。

（報せの者、王宮の中央扉より登場）

報せの者　殿様、あなたはどうやら、持てるものの上にも、

なおしまいこんで、やって来られたようです。一つはそこに、
手にお持ちの不幸、一つはお館で、すぐにもご覧になる不幸。
クレオーン　数々の不幸に加えて、まださらに悪いことがあるというのか。
報せの者　奥方が、このご遺骸の無二の母君が、お果てになりました。
お気の毒に、たった今、新しい傷を自ら撃ちこんで。(155)

第一アンティストロペー

クレオーン　ああ、
ああ、浄めるのも難《かた》い冥界《ハーデース》の港よ、(156)
なぜ、何ゆえにわしを滅ぼすのだ。
このわしに、不幸な報せで、
悲嘆をもたらしたそなた、いかなる話を聞かそうというのか。
既に死せる男を、重ねて殺しおって。(157)
おい、お前よ、今度はいかなる変事を告げるのだ。
悲しや、悲しや。
あの死の上に、なおも血まみれの

妻の死が重なるというのか。

コロスの長　ご覧になれますぞ。もはや奥の間にはおられませぬゆえ。[158]

クレオーン　無念だ。
ここにまた、第二の不幸を見る哀れなこの身。
この上さらにどのような、どのような非運がわしを待ち受けていることか。
たった今、この手に倅を抱いたわしが、
哀れや、またも屍《しかばね》を目のあたりにしている。
ああ、ああ、母や哀れ、息子や哀れ。

報せの者　〈奥方は祭壇の傍らで鋭利な剣に、…………
……………………………………[159]〉
死の闇迫る目を閉ざしましたが、泣きながらかき口説くのは、
先にお果てになったメガレウス[160]様の主《あるじ》なき寝床、

次いでは、ここに横たわっている方《かた》の死の床、そして最後に、
子を殺《あや》めたあなたに、幸《さち》薄かれと呪われたのです。

第二ストロペー

クレオーン　悲しや、悲しや。
恐ろしさに魂消《たまぎ》るばかり。なぜ誰か両刃《もろは》の剣で、
このわしを、真っ向から撃ちすえてくれぬのか。
惨めや、悲しや。
惨めな苦悩と溶けて一つになってしまった。

報せの者　そうです、あなたは亡くなったこの奥方から、この方《かた》の死も、
あの方の死も、あなたのせいだと告発されたのです。[161]

クレオーン　で、妻はどのように身を殺めて世を去ったのか。

報せの者　ご子息の悼んでもあまりある受難をお聞きになると、
我と我が手で、肝臓の下を一突きに。

クレオーン　ああ、今回のことはわしの咎《とが》に出ること、
決して余人に帰せられるものではない。
そなたを殺したのはこのわし、哀れなこのわしだもの。
真実このわしだ。いざや、供の者、
一刻も早く、わしを連れて行け、この場から連れ出せ。
無に等しい人間以上に無なるこの男を。

コロスの長　得なことを仰せられた、不幸の中にも得があるとすればだが。
行く手にある不幸は、短ければ短いほどよし、ですからな。

第二アンティストロペー

クレオーン　来てくれ、来てくれ。
死の定めも数々ある中に、恵み深い
最良の定めよ、わしの最後の日を運んで
現われてくれ、来てくれ。
もはや明日の日を見ずに済むように。

コロスの長　それは先のこと、目の前のことを果たさねばなりません。
先のことは、気遣うべき方々が気遣ってくれます。

クレオーン　わしはただ、心からなる望みを最後に祈ったのだ。

コロスの長　今はもう、何も祈りなさるな。死すべき人の身には、
予め定められた禍《わざわ》いから逃れる術はないのです。

クレオーン　この要なき男を、ここから連れ出してくれ。
ああ、倅よ、心ならずもお前を殺してしまった男だ、
それにこの女をもな。哀れな男だ。
どちらを見ればよいのか、どこに寄りかかればよいのか。
手の中《うち》のことはことごとく(162)、歪んで終わり、
抗し難い運命が頭上に襲いかかった。

（クレオーン、従者に伴われて王宮の中へ退場。
コロスは朗唱しながらパロドスより退場）

アナパイストス

コロスの長　思慮こそは、こよなき
仕合わせの礎《いしずえ》。神々に対して、
不敬のふるまいあるまじく、驕慢の徒の
広言は、手ひどい打撃を蒙って、
償うてのち、
老いに至って、思慮を教える定め。

訳注

(1) テクストは毀れているが、よき校訂案もなく、あるべき意味に訳しておく。

(2) エテオクレースとポリュネイケースが倒れたため、その叔父クレオーンがテーバイの王となっているが(系図参照)、アンティゴネーは決して彼を王とは呼ばない。

(3) テクストは毀れているが、あるべき意味に訳しておく。

(4) 反逆者や神殿荒らしの遺体は領土内に埋葬することが許されなかったが、クレオーンの禁令が領土内に限定されるのかどうか、曖昧にされている。

(5) クレオーンのお触れなど聞くはずがない私なのに、という含み。彼女とクレオーンの対決を予感させる。

(6) クレオーンは戦闘終結直後に、戦場で禁令を発し、王宮のある町へ戻ろうとしている。

(7) 共同体の多数で罪人を取り囲み石を投げつける。共同体全体による制裁となる。但し劇後半では、アンティゴネーは石打の刑には処せられず、岩室に閉じ籠められる。

(8) 糸繰りの隠喩が諺的表現になったもので、「どんなにやってみても」の意。

(9) 『コローノスのオイディプース』では、オイディプースは両眼を潰し、自らを追放の身におとして、放浪の末にアッティカの地で昇天するが、本劇ではただ死んだとのみいう。

(10) クレオーンの考え(484、525、678、746、756)に一致する。
(11) 死んだ兄ポリュネイケース、それに地下の神々。
(12) 兄の埋葬は神聖な務めだが、俗権からみれば犯罪となる。
(13) 埋葬が神々の掟だとする主題がここで初めて表明される。
(14) アンティゴネーの気持ちとして、正式の埋葬を行うかのような表現をする。
(15) クレオーンが全市民に向けて禁令を発したように、アンティゴネーも自分の行為が万人に知れ渡ることを望む。アンティゴネーは兄の遺体を埋葬する決意をもっていただけだが、イスメーネーから隠しておくよう言われたのをきっかけにして、埋葬を公然周知のものにしようとする。権力との対決にさらに踏み込んでしまう。
(16) アンティゴネーは愛しい人という時、もっぱらポリュネイケースを考えているが、イスメーネーにしてみれば、自分もそこに含まれる。そして愛しい身内からアンティゴネーが愛されていることを思い出させようとするのである。別解は、アンティゴネーは愛しい人(ポリュネイケース)を本当に愛しているからこそ、正気を無くした行動をする、ととる。
(17) パロドス(コロス入場の歌)は第一ストロペー、アナパイストス、第一アンティストロペー、アナパイストス、第二ストロペー、アナパイストス、第二アンティストロペー、アナパイストスより成る。ストロペー(旋舞歌)とアンティストロペー(対旋舞歌)は行数と各行の韻律が完全に対応しており、複雑に韻律を変えながらコロス全員によって歌われる。アナパイストスは短短長(⏑⏑—を基本とする韻律で、行進のリズムに適するとされる。これはコロスの長が一人で朗唱すると考えられる。

アルゴスの侵攻軍を撃退した喜びと安堵、神々への感謝が歌われるが、プロロゴスでアンティゴネーがポリュネイケースへの思慕を述べたのと対照的に、ここではポリュネイケースの侵略性が強調される。

(18) 「百の門をもつ」エジプトのテーバイに対して、ギリシアのテーバイは「七つの門の」と形容される。

(19) テーバイの西を流れる川。後世、ディルケーの白鳥といえばテーバイ生まれの詩人ピンダロスを指すように、ディルケーはテーバイの代称ともなる。

(20) テクストは不完全である。

(21) ポリュネイケースの名がポリュ(多くの)とネイコス(争い)から成ることを踏まえた言葉遊び。

(22) アルゴス軍の白き楯を指す。

(23) 攻め寄せるアルゴス軍を、襲いかかる鷲、槍を揮う兵士、巨大な怪物の三つのイメージで描く。

(24) 火と鍛冶の神。ここでは火の代称。

(25) 戦いの神。ここでは戦闘の代称。

(26) 竜はテーバイの象徴。テーバイ建国の祖カドモスは元フェニキアの王子。この地に来て、泉を守る竜を殺し、その牙を地に播くと、武装した兵士らが生じた。カドモスは彼らに殺し合いをさせ、生き残った五人を家来にした。これがテーバイ貴族の祖となる。一方、鷲はアルゴスの象徴。竜と鷲の戦いはホメーロスにも見えるモチーフ。

(27) アルゴス軍の七将の一人カパネウス。ゼウスの雷火でさえ自分の攻撃を阻止できぬと豪語した(アイスキュロス『テーバイを攻める七将』423以下)。

(28) 敵を潰走させるゼウス。勝利者は敵を潰走させた地点にトロパイオン(トロフィーの語源)を立てた。これは木の枠に敵から鹵獲《ろかく》した武具を掛け、神への献辞を刻んだもの。

(29) エテオクレースとポリュネイケースの兄弟。

(30) テーバイ側の六将は勝ち残ってトロパイオンを立てたが、エテオクレースは兄弟ポリュネイケースと槍を突き立てあった。

(31) 勝利の女神。

(32) 舞い踊る足踏みで地を揺するのである。

(33) ディオニューソスの別名。カドモスの娘セメレーがゼウスに愛されて生んだ神(系図及び後注(131)参照)。彼は野獣の生肉食いなど狂乱を伴う宗教を広めようとテーバイにやって来るが、時の王ペンテウスに迫害され、ペンテウスが母親アガウエーに殺害されるよう仕向けた。その話はエウリーピデース『バッカイ(バッコスに憑かれた女たち)』で劇にされている。その後、ディオニューソスはテーバイに受け入れられ、町の守護神となる。

(34) 欠語がありテクストも不完全のようである。

(35) 33のアンティゴネーの科白「はっきりと布告するため、ここへやって来る」を受けて、クレオーンが戦場よりパロドスを通って王宮前に登場すると考える。

(36) 底本はこの後に欠行を想定する。次行の「その子息ら」の原文が「彼らの子息ら」であるので、このままだと「ラーイオスとオイディプースの子息ら」となるからである。しかし本訳では、「然り」を補って欠行なしとして訳した。

(37) 唐突な発言のようであるが、長子メガレウスを国のために犠牲にしたことを踏まえているのかもしれない。1303のメガレウスへの注(160)参照。

(38) 船という言葉は使われていないが、荒波の比喩(163)や「航海して(船に乗って、と訳した)」(190)の用語からこう解釈できる。

(39) クレオーンは今述べた統治方針についての監視役になってほしいと頼んだのに、コロスは死体の見張りと誤解する。クレオーンがそれを正すのが、実際の見張りの登場につながる。

(40) クレオーンのこれまでの科白からだけでも次の特徴が浮かび上がる。一般化、格言的な言い方を好む。「わしが、わしの」の多用。金儲け(利得)を行為の要因と見る人間観。「男たちを滅ぼす」と言って、女性は念頭にないこと。但しこの点は、人間一般を表わすのには ἄνδρες(男の複数)を用いるギリシア語の特性によるとも弁護できる。

(41) 「無価値なこと(埋葬の事実のみで犯人は分からぬこと)を知らせる」と解釈するのが大勢であるが、「自分が無になること、殺されるようなことを知らせる」と解する少数意見に従う。その方が次の二行との繫がりがよい。

(42) 必要な葬礼には土を被せる、花や枝を編んだリース、髪の房を供える、液体(蜂蜜、葡萄酒、水、ミルク)を注ぐ、などが含まれるが、どれだけが行われたかは曖昧にされている。恐らく、429以下で描写されるのと同じようなことであったろう。

(43) 死体の埋葬は親族の義務であるが、道行く者も、野ざらしの遺骸を見て一掬《いっきく》の土もかけずに行き過ぎると穢れが及ぶと考えられた。

(44) 不可能なことをすることによって神の前に真実を証す神盟裁判(ordeal)であるが、古代ギリシアにこの実例は余りない。

(45) 「かの布告」と訳した語(指示代名詞中性複数)を、漠然とクレオーンに反抗的な世論と解するのも有力。その場合は、「声を上げていた」と訳した動詞の内的目的語となる。

(46) 「習わし」と訳したノミスマには、世に認められた「習慣」の他に「貨幣」の意味がある。

(47) 冥界を支配する神、また冥界そのもの。

(48) クレオーンが王宮内に去った後の独語ゆえ、番人の口調はさらにくだけたものとなる。

(49) 人類の進化を語って「人間讃歌」と呼ばれることもある歌である。オルケーストラーに並んだコロスが二対のストロペー・アンティストロペーを斉唱する。第五連のアナパイストスは歌の韻律を離れ、コロスの長一人による朗唱となり、登場人物を指し示す働きをする。その部分は「第二エペイソディオン」に算入しておく。

(50) ギリシアでは冬に南風が吹き、この季節の航海は危険なものとされた。

(51) 騾馬のこと。

(52) 底本は *παρείρων*(編みこむ者)であるが、多数説がつく校訂案 *γεραίρων*(尊ぶ者)を採る。
(53) 正式な埋葬では蜂蜜、葡萄酒、水が注がれるが、ここでは水のみが三度注がれたのであろう。
(54) 恐らく番人はアンティゴネーの家の奴隷で、それ故主人を大事な人というのであろう。
(55) 番人はここで退場して、526で衣装を替えてイスメーネーとして登場する。
(56) 正義の女神はゼウスの娘で、オリュンポスの峰(天界)に住むが、死者を埋葬する義務を命じるのも正義であるところから、地下に関係づけられている。
(57) 帰結文が省略されているが、「死ぬことは分かっていたであろう」、または「死なねばならぬであろう」が考えられる。
(58) イスメーネーがアンティゴネーの共犯だというのはクレオーンの思いこみにすぎない。
(59) クレオーンの心では、蔭で悪事を企み、おどおどしてばれるのはイスメーネー、大それたことをして「美しいこと」(72)と言いなすのはアンティゴネーを指す。
(60) クレオーンがアンティゴネーに「手短に答えよ」(446)と言いながら、長々としゃべるので、さっさと処刑しろと言うのである。
(61) カドモスが建てたテーバイはカドメイアとも呼ばれる(125への注(26)参照)。原文の指示代名詞では「このカドメイアの民」はコロスを形成するテーバイの長老たちを指すので、アンティゴネーがその中の一人というのは不正確。
(62) アンティゴネーは、埋葬に関してコロスも自分と同じ考えだと思っている。クレオーンは、アンティゴネーの反抗とコロスの恭順を違うものという。「同じ、違う、何を恥じるか」で議論はすれ違っている。

(63) エテオクレース。

(64) ギリシア悲劇では俳優は仮面を被り表情が見えないので、科白で説明するのである。

(65) アンティゴネーの科白「後からやる気になって、私に力を貸してくれても、嬉しくはないわ」(69)を受けている。

(66) 1以下でアンティゴネーが、オイディプースに発する不幸を恥辱、不名誉ととらえたことを受けて、イスメーネーはそんな気持ちをも乗り越えて姉に与すると言う。

(67) ハイモーンとアンティゴネーが許嫁である事実が、ここで初めて出される。

(68) アテーナイでは婚約に際して、「嫡子を儲けるために、娘をあなたに与える」という決まり文句が発せられたように、結婚の第一の目的は嫡子を生むことであった。女性を畠や畝、男性を種とする隠喩の例も多い。

(69) この話者をイスメーネーとするかアンティゴネーとするかで、説は真二つに分かれる。底本は諸写本どおりイスメーネーのものとし、訳者もそう考える。解説一八四頁参照。

(70) トラキアはギリシアの北方、ほぼ今のブルガリア。ここから吹き来る北風、西風は諺的な暴風であった。

(71) ラブダコスの子ラーイオスは息子オイディプースに殺された。父殺しと母との近親相姦を犯したオイディプースは、世に憎まれて果てた(50)。その子エテオクレースとポリュネイケースは戦って相討ちで死んだ。

(72) アンティゴネーとイスメーネー。家の再興・植物の再生のイメージで根という。

(73) テクストは不確かである。601「それ」は文法的には「光明」を受けそうだが、「最後の根」を指すと考えたい。602「刃(κοπίς)」は諸写本では「砂(κόνις)」で、アンティゴネーが兄を葬った砂に関連しそうだが、「砂」では「刈り取る」の隠喩にふさわしくない。

(74) テクストは毀れており、「もの皆を狩る、屈服させる」などの校訂案があるが、決定的ではない。

(75) テクストは確定していないが、満足のいく校訂案もない。

(76) ラテン語の諺「ユッピテル(ゼウス)が人を滅ぼそうと思うと、まずはその正気を奪う」の元かとされるが、類想句は他にもある。

(77) 底本を訳せば「卑小な者は期間(生涯?)を通じて、破滅なしで過ごす」というようなことになるが、ほとんどのテクストが採用する校訂案に従った。

(78) 底本はこの部分を削除する。

(79) 806以下でアンティゴネーが歌う「死との結婚」のテーマが、ここで初めてクレオーンの口から発せられる。

(80) 至高神ゼウスの権能は広大であるから、その添え名も多いが、ここのξένιος(クシュナイモス)の他、ὁμόγνιος(ホモグニオス、同族の守り神)、ἐφέστιος(エペスティオス、竈の守り神)、ἑρκεῖος(ヘルケイオス、垣根の守り神)など家に関するものも多い。

(81)　この辺りの文法的な繋がりと思考の流れが不明瞭であるところから、663―667を671の後に移す説も有力。底本はそうせず写本のままを残す代わりに、666からの二行を削除する。「正しいことの反対のことでも」がおかしいからである。

(82)　削除される部分の「国が任じた者の言を素直に聞く者」を指す。663―667を移動させる場合には、662の「正義の士」を受けることになる。

(83)　コロスは281で「分別さえない年寄り」と言われたので、それを意識しての発言。

(84)　底本はこの行を削除するが、その必要なしとする説が強い。

(85)　「ようなことは言えない」と訳した語(λόγοις τοιούτοις)の前行との繋がりが悪いことから、690の後に一行の欠落を想定する説も有力。そうすると、639からのクレオーンの科白と683からのハイモーンの科白が、四二行ずつでシンメトリーが回復される。

(86)　ここから本劇のハイライトの一つであるスティコミューティアー(一行対話)が始まる。クレオーンは相手の言葉尻をとらえ、修辞疑問を連発する。

(87)　父親を諌める勇気に欠けるのを恥ずべきことと言ったのである。

(88)　ハイモーンは「もう一人」を自分のこととして言ったが、クレオーンも自分のことと受け取ったかもしれない。

(89)　ギリシア北部にある最高峰、二九一八メートル。神々の住む天上世界と観念されていた。

(90)　クレオーンの怒りの余りの冗語(「目の前で」「即刻」「すぐ傍で」)が感染したかのように、ハイモーンも「見る」「目撃する」を重ねる。なお、この場面は父が息子に「怒り狂ってやって来たのでは、よもやあるまいな」(633)と問いかけて始まり、息子が父に「狂っているがよい」と言い捨てて終わる。

(91) 親族を殺せば穢れとなるので、自然死に近い餓死に至らせようとする。

(92) 愛の神。この歌は万物に打ち勝つエロースの力を歌って「エロース讃歌」と呼ばれる。

(93) メネラーオスが掠奪された妻ヘレネーと財宝を奪還するためにトロイアーを攻めたのもエロースの力、というような例が考えられる。しかし、「財宝」を「家畜」に変える説、テクストが毀れているとする説もある。

(94) 憧れ(ヒーメロス、恋心)はアプロディーテーの侍者で、掟を破りがちなもの。それが掟の傍にいるのはおかしいとして、テクストの破損を想定する説もある。

(95) 806―882はアンティゴネーとコロスが交互に愁嘆の歌を歌うコンモス(原義は哀悼のため胸を打つこと)と呼ばれる場面。

(96) 冥界を流れる川(苦患の川の意)で、冥界の代称となる。

(97) プリュギアは小アジア西北部。ここではより南のリュディアをも含む広域を指す。タンタロスはその王でゼウスの子。その娘ニオベーは、テーバイに来てアンピーオーンの妻となる(系図参照)。六男六女(七人ずつとも一〇人ずつともいう)を生み、アポッローンとアルテミスの二人しか子のないレートー女神を罵ったため、子らを全て射殺された。故郷に帰り、シピュロス山(リュディアの都サルディスの南)で泣き続けて、遂に石に化した。

(98) ニオベーが涙で喉元を濡らす。彼女は既に半ば石に化しているので、眉と喉元は人体と同時に山の地形をも指す。

(99) 岩室に閉じ籠められる我が身の運命を、石に化したニオベーになぞらえる。

(100) アンティゴネーが我が身をニオベーの悲惨な最期になぞらえたのに対して、コロスは、人の身で神(半神たち)と似た定めに遭うことを慰めととらえる。

(101) テーバイの西を流れる川。104への注(19)に既出。

(102) 様々な校訂案があるが、テクストは確定していない。

(103) ポリュネイケースはアルゴスの王アドラストスの娘と結婚し、アルゴス軍を援軍にして祖国テーバイに攻め寄せた。

(104) エポードス(結びの歌)。韻律が対応するストロペー(旋舞歌)とアンティストロペー(対旋舞歌)の対の後に来て、長い詩を締めくくる。

(105) 大地母神・穀物神デーメーテールの娘ペルセポネーの別名。冥界の神《ハーデース》に攫《さら》われその妃となったから、「死神の花嫁」としてはアンティゴネーの先輩になる。

(106) エテオクレースかポリュネイケースか、説は二つに分かれる。902でポリュネイケースが出るので、ここはエテオクレースとする説も強い。しかし、アンティゴネーのポリュネイケースに対する偏愛こそが本劇の基盤である、アンティゴネーはエテオクレースの埋葬を噂でしか知らない(23参照)、等からポリュネイケースと解する。この場合、次行の「あなた方」は父と母のみとなる。

(107) 904―920(他の行数を考える説もあり)を後人の加筆と見る説が強いが、底本はソポクレースの真筆とする。訳者も迷いつつそのように考える。

(108) 909—912はヘーロドトス『歴史』三・一一九に見えるペルシア貴族インタプレネースの妻のエピソードと、思考も表現も酷似する。解説一八九頁参照。

(109) テーバイ建国の祖カドモスの妻ハルモニアーは、軍神アレースと美神アプロディーテーの娘である(系図参照)。

(110) アンティゴネーは孤立意識を強めるあまりイスメーネーの存在を忘れている。

(111) アルゴス王アクリシオスの娘。アクリシオスは娘から生まれる子に殺されるとの神託を受けたため、娘を青銅の塔に閉じ籠めるが、ゼウスが黄金の雨に化して通い、彼女を孕ませた。生まれたのがペルセウス。ここでは幽閉された者たちの先例が歌われる。

(112) トラキア地方に住むエードーノイ人の王リュクールゴス。ディオニューソス(別名バッコス)とバッカイ(この神に取り憑かれた熱狂的女性信者。エウホイの叫び声をあげる)を迫害したため、罰として盲目にされた。別伝では、発狂させられ、息子ドリュアース(祖父と同名)を斧で斬り殺した。さらには、山に連れて行かれ縛られ、馬に殺されたとの伝もある。

(113) 底本は *μοῦσαι* を小文字とし普通名詞(音楽)として扱うが、時にディオニューソスと行動を共にするムーサイ(詩歌の女神たち)とするテクストも多い。

(114) テクストは毀れているが、Jebb の校訂案に基づいて訳した。プロポンティス(マルマラ海)と黒海をボスポロス海峡が繋ぐ。黒海への入口辺りに青黒い二つの岩(島とも呼ばれる)があり、間を通過しようとする船を挟み潰す「撃合い岩」としても語られた。サルミュデーッソスは海峡から黒海に入り、西岸を少し北上した所。
(115) 最後の二連では、北風《ボレアース》の娘クレオパトラー(名前は告げられない)の運命が歌われる。解説一九二―一九三頁参照。
(116) テーバイにまつわる多くの伝説で活躍する高齢の予言者。
(117) 火と鍛冶の神。火の代称。123の注(24)に既出。
(118) 多少の肉もこびりついている大腿骨を脂肪でくるみ、焼いて匂いを神々に捧げた。それが燃えないのは凶兆である。
(119) 祭壇は石で築いたもの、炉は地面を少し掘り下げたもので、英雄や地下霊への生贄を焼く。
(120) テクストは強く疑われているが、ほぼこのような意味であろうと考えられている。
(121) 金と銀の合金。原語はエーレクトロン。サルデイスは富裕をもって聞こえたリュディア王国の都で、その近くのトモーロス山で琥珀金は産したという。
(122) 鷲はゼウスの聖鳥。ゼウスの傍に侍し、人間界に神の意を伝えた。この鷲が腐肉を天上に運ぶというのは、クレオーンの冒瀆の言。
(123) テイレシアースの予言がどのようにクレオーンを助けたのか、具体的なことは知られない。ただ、1303のメガレウスへの注(160)参照。
(124) 疑問文とはせず、「確かに、吾の言葉はあなたの儲けにはならぬようなものになる」、即ち、あなたは悲惨なことを聞くことになる、とする解釈も有力。

(125) クレオーンは自分の意向（ポリュネイケースの埋葬禁止、アンティゴネーの処分）に楯突く陰謀が儲けのために画策されている、という考えから抜け出せない。

(126) 血を分けた子供ということであるが、それをこのように表現するのは男親の場合は異様である。晦渋な神託の趣。

(127) 殺人等の罪を追及して止まぬ復讐の女神、怨霊。通常三人とされる。

(128) ポリュネイケース率いるアルゴス軍と同盟を結んでテーバイに攻め寄せたテゲアー人、カリュドーン人なども戦死者が埋葬されず、本国の人たちが激怒した、というような事情かと考えられるが、「全ての国」というのは不可解。なお、底本はこの行の次に欠行を想定する。後続の「引き裂かれた遺体」との文法的繋がりが悪いからである。本訳では〈全ての国の兵士らの〉を補って繋いだ。

(129) 写本の *Ἄτῃ...δεινῷ* を *Ἄτης...λίνῳ* に改める底本の校訂案は独特である。多数派のテクストでは、「逆らうことによって、わしの我意を破滅で打ち砕くのも恐ろしい」というほどの意味になる。本訳は底本編者の研究ノートに従っているが、訳者はむしろ、その校訂案を受け入れた上で、「逆らえば、破滅の鳥網の中で心が激しく震えることになる」と訳したいところである。

(130) 一語の破損が想定される。

(131) カドメイアはカドモスが建国したテーバイの別名。カドモスとハルモニアーの娘セメレー（花嫁）はゼウスに愛されディオニューソスを身籠るが、嫉妬したヘーラーに唆《そそのか》され、ゼウスに真の姿での訪れを願ったため、ゼウスの雷火で焼死した。ゼウスは胎児を取り出し、自分の太腿で育てた。ディオニューソスにはバッコス、イアッコス、ザグレウス他、六〇ほどの崇拝に関わる呼び名がある。ここはディオニューソスに救いを求める歌。注(33)と系図も参照。

(132) ディオニューソスは南イタリアの葡萄酒産地でも崇拝された。また、前四四四/三年、ペリクレースはギリシア各地から有志を募って南イタリアに植民都市トゥーリオイを建設したが、このことからイタリアへの関心が高まっていた、とする説もある。

(133) エレウシース(アテーナイの西北一八キロ)では大地母神デーメーテール(デーオーは別名)と娘神ペルセポネーを崇拝する秘儀宗教が営まれ、女性や奴隷・外国人も入信できた。

(134) バッコスに取り憑かれた熱狂的女性信者。

(135) テーバイの東を流れる川。竜の牙については125への注(26)参照。

(136) デルポイのアポッローン神殿の背後(北側)に二つの岩山があり(約六〇〇メートル)、その上の高台で二年に一度、夜通しの松明祭が営まれた。この高台の彼方にパルナッソスの山頂(二四五七メートル)がある。コーリュキオンの洞窟はその中腹にある巨大な鍾乳洞で、ニュンフの住処。カスタリアーは岩の割れ目から湧き出る流れで、デルポイの聖なる儀式の用に充《あ》てられた。

(137) ディオニューソスの誕生と関係づけられる山であるが、その場所はトラキア、エチオピア、インド等、諸説あって定まらない。ここではエウボイア島の西北岸かとされる。

(138) ディオニューソスがデルポイから東方のテーバイに赴くには、パルナッソスの上を越えて行くことになる。ニューサの山(1131)がエウボイア島のものだとすると、そこから瀬戸(エウリーポス海峡)を越えて本土のテーバイに渡ることになる。

(139) ディオニューソスの狂乱を伴う夜の祭には天の星々も共感して参入する。

(140) イアッコスはディオニューソスの別名であるが、特にエレウシースの秘儀(注(133)参照)に関わる時にはこの名で呼ばれる。死後の幸福を約束するところから配剤者と呼ばれる。テュイアス(複数形はテュイアデス)はマイナデス(狂女)、バッカイというのに同じ熱狂的な女性信者。

(141) カドモスはテーバイの建国者。アンピーオーンは兄弟のゼートスと共にテーバイの城壁を築いた。タンタロスの娘ニオベー(824)の夫である。注(97)、系図参照。

(142) クレオーンにはメガレウス(1303とそこへの注(160)参照)とハイモーンの二男子があった。

(143) 「手ずから」と訳した *αὐτόχειρ*(アウトケイル)は「自分の手で」または「身内の手で」の意味になるので、コロスの次の問いとなる。なお、ハイモーンのハイマ(*αἷμα*)は血の意味で、ここには言葉遊びがある。

(144) アテーネーの別名。

(145) 長男メガレウスを失ったこと(1303とそこへの注(160)参照)などをいうのであろう。

(146) 道の辺の神はヘカテーの異称。冥界と結びつきの強い女神で、辻々に祀られて庶民の幸福を守った。プルートーンは「富める者」の意味で、冥界の神《ハーデース》の異称。ポリュネイケースを冥界に送り、アンティゴネーを地上に生還させるよう祈る。

(147) 写本の *ἁρμόν*(つなぎ目)を底本は *ἁγμόν*(裂け目)に変えるが、いずれにしても難解である。テーバイでは岩室墓(丘の岩盤に横穴を穿った墓)が行われたが、ここではミュケーナイの「アトレウスの宝庫」として知られるトロス墓(円形墳墓、蜂の巣型墳墓)をイメージするとよいか。長い通路が地下へと下って行き、墓室そのものの入口を石組みで塞いだようなもの。

(148) 「これを」と訳した代名詞 *σφε* は「彼を」とも「彼らを」とも解し得る。

(149) 諸写本は *αὐτὸν*(彼を)だが底本は *αὐτὼ*(二人を)に変える。クレオーンの関心は今や息子のハイモーンにしかないのか、アンティゴネーのことも思いやるのかによって、クレオーンに対する聴衆の同情も変わって来るので、重い変更である。

(150) 「何ということ」はハイモーンが石組みを破って墓室に侵入したことであるが、ハイモーンがアンティゴネーの自殺に手を貸したとクレオーンが疑った、ともとれる曖昧な表現になっている。

(151) ハイモーンは653ではクレオーンから、アンティゴネーに唾を吐けと言われていた。

(152) 従者が運ぶハイモーンの遺体の一部、手か頭に触れているのであろう。

(153) コンモスについては806への注(95)参照。クレオーンの歌(二字下げ)と、コロスの長・報せの者・クレオーンの科白(一字下げ)が目まぐるしく交替し、最後にコロスによるアナパイストス(朗唱)で幕が閉じる。

(154) コロスを成す長老たち、ひいてはテーバイの全市民に呼びかける。

(155) 女性の自殺はアンティゴネーのような縊死が一般的だが、エウリュディケーが自刃したのは、自らを亡き息子への生贄とする意味がある。

(156) 一、「浄めるのも難い」を「宥め難い」ととって、いつまでも生贄を求めて止まぬ、と解する。二、全ての死者が行く冥界は死体で溢れて浄め難い。三、クレオーンは最も近い身内を殺したゆえ、浄め難い。およそこの三解がある。

(157) 1030と響きあう表現になっている。

(158) エウリュディケーの遺体は王宮の中央扉からエッキュクレーマ(せり出し。室内の遺体などを観客に見える場所まで押し出す台車)で舞台に出されたか、従者が担いで来て、クレオーンを挟んでハイモーンの遺体の反対側に置かれたか、説が分かれる。

(159) 1301は写本のままでは意味をなさず、推測案を訳しておく。次行は欠落していると考えられる。

(160) メガレウスはアイスキュロス『テーバイを攻める七将』474以下では、クレオーンの子で、テーバイを守る将の一人として登場する。一方、エウリーピデース『フェニキアの女』903以下では、クレオーンの子メノイケウスが人身御供に立てばテーバイは敵から救われる、とする。本劇では182以下、993以下、1058、1191、1312以下などから、テイレシアースがクレオーンに対し、長男メガレウスを生贄に捧げたなら祖国を救えると予言した、という背景が推測される。

(161) 「この方」は目の前のハイモーン、「あの方」は先に死んだメガレウス。

(162)「手の中のこと」は不可抗の運命に対して、自分の力の範囲内にあると思っていたことと解すればよいか。ハイモーンとエウリュディケーの死体という形で現前に持つもの、という含みも考えられる。

古伝梗概(1)

一、文献学者アリストパネース(2)による『アンティゴネー』の梗概《ヒュポテシス》

アンティゴネーは国の命令に背いてポリュネイケースを埋葬したのを見つけられ、クレオーンにより地下の墳墓に閉じ籠められ、死んだ。彼女を愛していたハイモーンはそれに耐えられず、剣で自殺した。その死を受けて、母エウリュディケーも自ら命を絶った。

この話はエウリーピデースの『アンティゴネー』(3)にも見られるが、そこでは、彼女はハイモーンと一緒にいるところを見つかり、結婚させられて、一子ハイモーンを生んでいる。(4)

劇の舞台はボイオーティアーのテーバイ、コロスは土地の長老たちより成り、アンティゴネーがプロロゴスを語り、クレオーン治下の出来事という設定である。主要な

出来事はポリュネイケースの埋葬、アンティゴネーの死刑宣告、ハイモーンの死、ハイモーンの母エウリュディケーの死。ソポクレースは『アンティゴネー』の上演で好評を博した結果、サモス島遠征(5)の将軍職を与えられたと言われている。この劇は三二番目と言われている。(6)

二、サルースティオス(7)による梗概

この劇はソポクレースの作品中最も美しいものの一つである。ヒロインおよびその妹イスメーネーについての所伝はまちまちである。イオーン(8)はそのディーテュランボス詩の中で、二人の姉妹はヘーラー神殿において、エテオクレースの子ラーオダマースによって焼き殺されたという(断片一、Page)。一方、ミムネルモス(9)によると、イスメーネーはテオクリュメノスと恋仲であったが、アテーネー女神の命令を受けたテューデウス(10)の手にかかって死んだ(断片二一、West)。これらは二人のヒロインについて語られる異伝である。

通説では、二人は極めて優れた人物できょうだい愛が強いとされ、悲劇詩人たちはこれに従って人物造形を行っている。劇はアンティゴネーが主題を提供するところか

ら、そうタイトルが付けられた。ポリュネイケースの死体が埋葬されないことが発端となって、アンティゴネーがその埋葬を試み、クレオーンによって妨げられる。彼女は埋葬しているところを見つかって死ぬ。クレオーンの息子ハイモーンは彼女を愛しており、そのような非運に耐えられず、自殺する。その結果、母親のエウリュディケーも縊《くび》れて命を終える。(11)

三、逸名氏による梗概

兄弟との一騎討で果てたポリュネイケースをクレオーンは埋葬せずに野ざらしにして、何人《なんぴと》もそれを葬ってはならぬと布告し、違反すると罰は死刑だと脅す。妹のアンティゴネーがそれを埋葬しようとする。事実、見張りたちの目を盗んで土を被せるが、クレオーンは、もし犯人を見つけ出さなければ死刑だと、見張りたちを脅す。彼らは被せられた砂を払いのけて、監視を強めた。そこへアンティゴネーがやって来て、遺体がむき出しにされているのを見ると、嘆き声を上げ、自ら犯人だと名乗り出る。見張りたちから彼女を引き渡されたクレオーンは、彼女を生きながら墓に閉じ籠める判決を下す。クレオーンの息子ハイモーンは彼女に求婚していたのだが、このことに憤慨し、縊れて死んだ娘の後を追って自害する。これらはテイレシアースが予言していたことである。クレオーンの妻エウリュディケーはこれを悲しんで自害する。最後は、クレオーンが息子と妻の死を嘆く。

訳注

(1) 諸写本に付録として収められている古代人による梗概である。テクストは、A. C. Pearson, *Sophoclis Fabulae*. Oxford 1964 (1924).

(2) 前二五七頃―一八〇頃、アレクサンドレイア図書館長。叙事詩・抒情詩・悲劇他あらゆる文学ジャンルの原典批判の方法論を確立するのに功績があった。但し、この梗概がアリストパネースの筆に成ることは疑われている。

(3) 僅かな断片が残るのみで、筋立ては不明。

(4) テクストに乱れがあり、ハイモーンをマイオーンとする読みもある。

(5) 前四四一／〇年。

(6) ソポクレースのデビューは前四六八年で、生涯百二十余作の内の三二番目か。

(7) 五世紀の修辞学者。

(8) キオス島出身の悲劇作家・抒情詩人・散文作家、前四五〇年頃活躍。ディーテュランボスはディオニューソス崇拝に関わる合唱抒情詩。

（9）スミュルナまたはコロポーン出身のエレゲイア詩人、前七世紀後半。
（10）テーバイを攻めた七将の一人。
（11）劇では自刃である。オイディプースの母イオカステーの縊死と混同しているのであろう。

伝　記

一、「ソポクレースの出自と生涯(1)」

（1）ソポクレースはソピッロスの子としてアテーナイに生まれた。父親は、アリストクセノス(2)が言うような大工や鍛冶ではなく、またイストロス(3)が伝えるような刀剣造りでもなく、恐らく鍛冶や大工を奴隷として所有する人物であった。というのは、職人の親から生まれた人が、ペリクレース(4)やトゥーキューディデース(5)といった、国でも第一級の人たちと並んで将軍職に任じられるというのは考えにくいからである。また、ペリクレースをも容赦しなかった喜劇詩人(6)たちに嚙みつかれずに無事でいることもなかったであろう。彼がアテーナイ人ではなくプリウースの人だと言うイストロス(7)も信じられない。仮に先祖がプリウースの人であったとしても、そのことはイストロス以外の誰の書物にも見えない。ソポクレースは正しくアテーナイ生まれであり、コローノス区(8)の出身、その生涯および詩作のゆえに著名で、立派な教育を受け何不自由なく育てられ、国政や外交使節の方面でも活動した。

(2) 第七一オリュンピア紀の第二年、アテーナイではピリッポスが筆頭執政官《アルコーン》の年〔前四九五／四年〕に彼は生まれたとされる。アイスキュロスより七歳年少、エウリーピデースより二四歳年長である[9]。

(3) 少年時代にはレスリングと音楽の鍛錬に励み、その両方で栄冠を授けられたとイストロスは伝える。音楽はランプロスの許で学んだが、サラミースの海戦〔前四八〇〕の後、アテーナイ人が戦勝碑を囲む中、竪琴を手に、裸体にオリーヴ油を塗って、祝勝歌を歌う人たちを指揮した。

(4) 彼はアイスキュロスの許で悲劇を学んだ。悲劇の競演において数々の革新を行ったが、まず、自分の声が弱かったため、詩人が演じるということを廃止した。以前は詩人自らが役者として演じていたのである。コロス(合唱隊)の数を一二人から一五人に増やし、第三俳優を導入した[10]。

(5) 彼は竪琴を手にしたが、それを演奏したのは『タミュリス』(散逸)の時のみだと言われている。絵画柱廊《ストアー・ポイキレー》にも竪琴を持った彼の姿が描かれている。

(6) 曲がった杖を考案したのも彼だとサテュロス[11]は言っている。またイストロスによると、彼は俳優やコロスが着用する白色の半長靴を発明し、彼らの技倆に合わせて劇を書き、詩神《ムーサイ》に奉仕するため、訓練された人たちから成る演劇集団《ティアソス》を組織したという。

(7) そして、簡単に言えば、彼の性格は極めて魅力的であったので、どこでも誰からも愛された。

(8) カリュスティオス[12]によると、彼の優勝回数は二〇回、二等賞がしばしばあったが、三等賞に終わったことは一度もない。

(9) また、アテーナイ人は彼が六五歳の時に将軍に選出した。ペロポンネーソス戦争の七年前、アナイアの人々に対する戦いの時である[13]。

(10) 彼はアテーナイを愛すること極めて深かったので、多くの国の王が彼を招聘しようとしたのに、祖国を離れることを望まなかった。

(11) 彼は英雄ハローンの神官職をも務めたが、これはケイローンの許でアスクレーピオスと一緒に〈育てられた〉英雄で、彼の死後は息子のイオポーンによって祀られた[14]。

(12) ヒエローニュモス[15]の言うところによると、ソポクレースはまた誰よりも敬神の念篤く、〈……〉黄金の冠について。アクロポリスからこの冠が盗まれた時、ヘーラクレースがソポクレースの夢に現われて、〈……〉右側の家に入って探すよう告げたところ、そこに隠されていた。彼はその家を市民たちに示して、予め布告されていたとおり、一タラントンの報奨金を受けた。彼はその金で「通報者ヘーラクレース」の祠を建てた。

(13) 彼が息子のイオポーンと裁判で争ったことが多くの作家によって伝えられている。息子としては、ニーコストラテーに生ませたイオポーンと、シキュオーン出身のテオーリスに生ませたアリストーンがあったが、彼はアリストーンが儲けた、その名もソポクレースという孫をとりわけ可愛がっていた。ある時、〈劇の中に登場させた……〉イオポーンはこの孫に嫉妬して、父ソポクレースが年老いて痴呆症であると親族らに訴えた、と。親族らはイオポーンを非難した。ソポクレースは、「もし私がソポクレースであるなら痴呆症ではないし、もし痴呆症であるなら私はソポクレースではない」と言って、『(コローノスの)オイディプース』を皆の前で朗読した、とサテュロスは述べている。

(14) イストロスとネアンテース[16]によると、彼の最期はこんな風であった。カッリッピデースなる俳優がコエスの祭の頃に、オプースの町から仕事の関係でやって来て、ソポクレースに葡萄の房を贈った。彼はまだ熟れていない実を口に入れ、極めて高齢であったところから、喉を詰まらせて死んだ。一方、サテュロスの説によると、彼は『アンティゴネー』を朗読していて、劇の終りあたり、息継ぎのための記号もコンマもない長い文章の所に来て、声を長く伸ばしすぎて、声と共に命を吐き出してしまったという。さらには、劇の朗読の後、優勝との告示があり、喜びすぎて死んだ、とする説もある。

(15) 遺体はデケレイアに向かう道のほとり、アテーナイの市壁から一一スタディオン離れた所にある先祖の墓に埋められた。彼の墓の傍に人々はセイレーンの像を建てたと言う人もあるし、ケーレードーンの青銅像だという人もある。スパルタ人がアテーナイに対抗するため、この場所に要塞を築いていたのであるが、ディオニューソスがリューサンドロスの夢枕に立って、その人物を墓に埋葬することを許せよ、と命じた。リューサンドロスがこれを無視していると、ディオニューソスが再び現われて同じことを命じた。リューサンドロスは逃亡兵にその人物とは何者かと尋ね、ソポクレースであると知って、アテーナイ側に使者を送り、その人の埋葬を許した。

(16) ロボーン[21]によると、彼の墓には次のような詩が刻まれている。

この墓に我が隠せるは、悲劇の技に首座を占めたる
ソポクレース、類いなく厳かなる姿

(17) またイストロスによると、アテーナイ人はこの人の卓越した技を称えて、毎年生贄を捧げることを決議した。

(18) アリストパネース[22]によると、彼の作った劇は一三〇、そのうち一七篇は偽作である。

(19) 演劇祭で競った相手としては、アイスキュロス[23]、エウリーピデース[24]、コイリロス[25]、アリスティアース[26]、その他大勢、そして息子のイオポーン[27]がいた。

(20) 彼は概ねホメーロスの語彙を用いたが、それは物語もホメーロスの先例に倣って作るからである。多くの劇で『オデュッセイア』を翻案している。オデュッセウスの名前の語源解釈をする箇所でも、ホメーロスに従っている。

数々の悪事に因んで、俺がオデュッセウス〈憎まれ男〉と呼ばれるのも当然だ。
大勢の敵がこの俺を憎んできたからな。(28)

性格描写でも文の彫琢でも技術的な工夫の利用でも、彼はホメーロスの魅力を手本にした。それ故、〈……〉ひとりソポクレースのみがホメーロスの弟子と呼べるのである。多くの詩人が先輩や同時代の誰彼を模倣するのだが、各人から精華を摘み取るのはソポクレースのみなのである。このことから、彼は「蜜蜂」とも呼ばれた。適切さ、甘美さ、大胆さ、多彩さ、といった細かいことをも兼ね備えていた。

(21)　彼は適切な時と事柄を一致させる術を弁えていたので、詩の半行からでも一つの科白からでも、完全な性格描写を行うことができた。これこそ詩作において、性格と感情を表現する最大の要素なのである。

(22)　それ故、アリストパネース(29)は「〈唇に〉蜜蠟をたたえた」と言い、別の所では「口に蜂蜜を塗られたソポクレース」と言っている。

(23)　アリストクセノスによると、アテーナイの詩人の中で彼が初めて、プリュギア調のメロディーを自分の歌に採り入れ、また、ディーテュランボス(30)のスタイルも取り混ぜた。

二、『スーダ辞典[31]』の「ソポクレース」項

ソポクレース、ソーピロスの子、コローノスの出身、アテーナイ人、悲劇詩人、第七三オリュンピア紀（四八八―四八五）に生まれ、ソークラテース[32]より一七歳年長。この人は初めて第三俳優と呼ばれるものを加えて三人の俳優を用い、また初めて一五人の〈若者の〉[33]コロスを導入した。それ以前は一二人が登場していたのである。甘美さゆえに「蜜蜂」と呼ばれた。彼はまた〈……〉[34]ではなく一篇ずつの劇で競演することを始めた。彼はまたエレゲイア詩や讃歌《パイアーン》、それにコロスについて散文の論考を書いた。テスピス[35]やコイリロスと競演した。息子としては、イオポーン、レオーステネース、アリストーン、ステパノス、メネクレイデースがいた。エウリーピデースの後に死んだ。享年九〇。一二三篇の悲劇を上演したが、それより遥かに多いという説もある。優勝は二四回。

訳注

（1）前一〇〇年頃以後の成立と考えられる筆者不詳の文書。事実というより想像に基づくフィクションが多々含まれている。テクストは、S. Radt, *Tragicorum Graecorum Fragmenta.* Vol. 4 *Sophocles.* Göttingen 1977.

（2）前四世紀、アリストテレースの弟子の哲学者、音楽理論家。

（3）前三世紀後半、歴史家。

（4）前五世紀、黄金時代のアテーナイを指導した政治家。

（5）前五世紀に将軍となったこの名の人物は、ペリクレースと対立した保守派の政治家と、『歴史(ペロポンネーソス戦史)』の作者とがある。

（6）諸写本ではテミストクレース(サラミースの海戦を勝利に導いた将軍)とある。いずれにせよ、前五世紀の古喜劇では有名人がしばしば揶揄嘲笑された。

（7）ペロポンネーソス半島東北部の町。

（8）アテーナイの北郊。遺作『コローノスのオイディプース』の舞台となる。

（9）アイスキュロスの生年は前五二五頃、エウリーピデースは前四八五ないし四八〇頃とされているから、この数字は不正確。

（10）アリストテレース『詩学』一四四九a一八も同じことを記すが、これより早くアイスキュロスも第三俳優を使っている。

（11）前三世紀、伝記作家。

（12）前二世紀後半、文学史家。

(13) ペロポンネーソス戦争は前四三一年に始まるから、その七年前四三七年にはソポクレースは五八歳で、計算が合わない。アナイアはサモス島東端に相対する小アジア西岸の町。
(14) ケイローンはケンタウロス(半人半馬)族中の賢者で、アスクレーピオス(医神)の他、アキッレウス、イアーソーンらの英雄を教育した。〈育てられた〉は校訂者による補いである。
(15) 前三世紀、哲学者、文学史家。
(16) 前三世紀、歴史家。
(17) 二月末、ディオニューソスを祭るアンテステーリア祭(花祭り)の二日目の名称。酒注ぎの祭。
(18) 一スタディオンは約一八〇メートル。
(19) セイレーンは魅惑の歌声で船人を誘き寄せ、死に至らしめる魔女。ケーレードーンもこれに似た歌姫とされる。
(20) スパルタの将軍。ペロポンネーソス戦争で最終的にアテーナイを降伏させた。
(21) 前三世紀、文学史家か。
(22) 前二五七頃—一八〇頃、アレクサンドレイア図書館長。なお、一七を七に改めると、通説の一二三篇に一致する。
(23) 生涯に約九〇作、優勝一三回、『アガメムノーン』など七篇が現存。
(24) 生涯に九二作、優勝五回、偽作の疑いあるものも含めて一九篇が現存。
(25) 生涯に一六〇作、優勝一三回と伝えられるが、現存する作品はない。

(26) アイスキュロス『テーバイを攻める七将』が優勝した年の二等賞と伝えられる他、詳細不明。
(27) 生涯に五〇作、優勝もしている。
(28) ソポクレース断片九六五。これは『オデュッセイア』一九・四〇五以下でアウトリュコスが、「わしは大勢の人に憎まれて来たので、孫にはオデュッセウス(憎まれ男)と名づけるがよい」という箇所を踏まえる。
(29) 前四五〇／四五頃—三八五／〇頃、ギリシア最大の喜劇詩人。
(30) ディオニューソス崇拝に関わる合唱抒情詩。
(31) 一〇世紀後半に成った文学百科辞典。テクストは Adler に基づく Radt 上掲書。
(32) 前四六九—三九九、哲学者。
(33) 誤りとして削除するか、「人物の」に変えるのがよいかと考えられる。
(34) 「四部作ではなく」などが推測されるが、いずれにしても、関連したテーマで悲劇三篇とサテュロス劇を作る四部作方式をソポクレースが廃したとは確言できない。
(35) 前五三四、大ディオニューシア祭における最初の悲劇競演で優勝したと伝えられるギリシア悲劇の祖。この人とソポクレースの競演は考え難い。

解　説

前五三四年の大ディオニューシア祭において第一回競演が行われたとされるギリシア悲劇は、アイスキュロス（前五二五頃―四五六）の登場によってたちまち一つの頂点に達し、そしてエウリーピデース（前四八五ないし四八〇頃―四〇六）とソポクレース（前四九六頃―四〇六）の相次ぐ死によって実質的な生命を終えた。この百数十年の間だけでも千をもって数える悲劇が作られたが、完全な形で今日に伝わるのは三三篇にすぎない（その中の一つ、エウリーピデース『キュクロープス』はサテュロス劇と呼ばれる滑稽味を帯びた劇である）。このようなギリシア悲劇の中で、最も有名な作品といえばソポクレースの『オイディプース王』であるかもしれないが、「全ての時代を通じて最も崇高で、あらゆる点で最も卓越した芸術作品の一つ」（ヘーゲル『美学講義』第二部第二篇第一章）と称えられるのが、同じ詩人の『アンティゴネー』である。

ソポクレース、人と時代

オリエントの先進文明圏に近く、ホメーロス(前八世紀後半)の英雄叙事詩やタレース(前六二四頃—五四六頃)に始まる自然哲学の誕生の地となったイオニア地方(小アジア西岸)と比べると、ギリシア本土のアテーナイは文化的には後進国であった。しかし、賢人ソローン(前六三九頃—五五九頃)による貧富の格差是正の施策や、クレイステネースの改革(前五〇八)によって民主政の諸制度が整備されるに及び、アテーナイの国力は内外に聞こえるほどに上がり、二次にわたるペルシア戦争(前四九〇、四八〇)で大帝国の侵攻を撃退する立役者となった後は、スパルタと並ぶ強国への道を歩み始める。

アテーナイはペルシア帝国の更なる来襲に備えるためと称して、デーロス島に本拠地を置く海上同盟を結成して自ら盟主となり(前四七八)、同盟諸都市《ポリス》には軍船もしくは年賦金の供出を義務づけたが、やがて同盟基金の金庫をアテーナイのアクロポリスに移し(前四五四)、これを私物化して帝国主義的拡張政策を推し進めた。この時代のアテーナイを導いたのは稀代の知性派政治家ペリクレース(前四九五頃—四二九)であるが、彼は名門の出ながら大衆の心を摑む政策を行い、アテーナイの黄金時代を現出させた。パルテノーン神殿の建設(前四四七―四三二)も彼の時代の達成である。しかしながら、強大化するアテーナイは旧大国スパルタの恐怖心をかき立て、やがてスパルタを盟主とするペロポンネーソス同盟諸都市とデーロス同盟諸都市との大戦争が勃発する。ギリシアを二分するこのペロポンネーソス戦争(前四三一―四〇四)がアテーナイの全面降伏をもって終わったことはよく知られている。

開戦の頃の世の混乱、価値の転倒についてはトゥーキューディデース『歴史(ペロポンネーソス戦史)』に詳しいが、アテーナイの思想的な激動はこれより前から始まっていた。前五世紀半ばより、繁栄するアテーナイにはギリシア各地より知識人が集まって来る。三〇万から五〇万と見積もられる人口のうち、政治に参加できるのは市民身分の成年男子三万人ほどに過ぎなかったが、直接民主政の下、建前上はその全員が、民会で政策を論じ法廷で正邪を判断する能力と技術を求められた。そのための教育として、伝統的な「読み書き水泳」や「読み書き算数」に代わって弁論術が重視される。北方アブデーラのプロータゴラース、シケリア島レオンティーノイのゴルギアース、エーリス地方のヒッピアース、ケオース島のプロディコスら、ソフィスト(ソピステース、知識の教師)と呼ばれる人たちがアテーナイに来て弁論術教師として令名を馳せたが、彼らは同時に、旧来の慣習や宗教に懐疑の目を向ける新思想をも広めた。旧習を墨守する大衆と新しく流入する知性、育ち行く民主政と寡頭政・僭主政への揺り戻しの惧れ、そんな緊張の中での繁栄であった。

ソポクレースはアテーナイの黄金時代を生き、祖国の敗北の予感の中で世を去った。その生涯については古代人の手になる伝記が伝えられているが、これは我々の知らない先行文献に依拠し、あるいは作品そのものから作者像を想像するなどして作られた文書で、信じ難い部分が多々あると考えられている(一四五頁以下に訳出)。ここでは他の文献にも頼りつつ、比較的確実と思われる事柄を中心に年表形式で記してみたい。

前四九六頃　アテーナイの北郊コローノス区に生まれる。父親ソピッロス(ソーピロス、ソピロスの語形も伝わる)は裕福な武器製造業者であったと考えられる。

前四八〇　サラミースの海戦の後、竪琴を手に祝勝歌の指揮を行う。

前四六八　悲劇の競演に初参加、アイスキュロスを破って優勝。

前四四三／二　ヘッレーノタミアース(デーロス同盟財務長官)に任ぜられる。

前四四二／一　『アンティゴネー』上演か。

前四四一／〇　サモス島遠征の将軍に選ばれる。この時、ペリクレースも同役であったが、ソポクレースが美少年に見蕩《みと》れて褒めたところ、ペリクレースは「将軍というものは手ばかりでなく目も清浄にしておかねばならぬ」と窘《たしな》めたという（プルータルコス『対比列伝』中「ペリクレース伝」八。キケロー『義務について』一・一四四）。

なお、「齢《よわい》五十余り五歳なるソポクレース、ヘーロドトスがために歌を作る」という短詩が伝えられており（プルータルコス『モラリア』中「老人の政治参加」七八五B）、詩人の生年を前四九六年とするとこの年のこととなる。ヘーロドトスは有名な『歴史』の作者と考えて間違いなかろう。ソポクレースの諸作にはこの『歴史』の記事との関連を窺わせる科白が幾つか指摘されるからである。（例えば、『コローノスのオイディプース』三三九以下、「エジプトでは男たちが家で坐って機《はた》を織り、妻たちが外で日々の糧《かて》を調達するのが常」とヘーロドトス『歴史』二・三五の記述。）

前四三八　『アルケースティス』他のエウリーピデースを抑えて優勝。

前四三一　エウポリオーン（アイスキュロスの息子）優勝、ソポクレース二等賞、『メーデイア』他のエウリーピデース三等賞。

前四二〇　アテーナイが医神アスクレーピオスを勧請《かんじょう》するにあたり、正式の神殿が完成するまでの間、ソポクレースが自邸にこの神を奉安した。その功績により、彼は死後デクシオーン（迎え入れる者の意味）なる英霊として祀られた。

前四〇九　『ピロクテーテース』他で優勝。

前四〇六　エウリーピデース歿。大ディオニューシア祭での競演に先立つ前披露《プロアゴーン》の際、ソポクレースは後輩詩人の死に哀悼の意を表するため黒衣を纏って現われ、俳優やコロスも冠を着けずに登場させた。この年のうちにソポクレースも世を去る。

前四〇一　遺作『コローノスのオイディプース』が同名の孫ソポクレースにより上演される。

アイスキュロスやエウリーピデースと比べてソポクレースの経歴で際だっているのは、何度も顕職に就いて国政の面でも活躍していることである。ヘッレーノタミアースというのは、デーロス同盟の加盟国が醵出する年賦金を管理する役職で、人望がなければ選ばれなかったであろう。将軍《ストラテーゴス》は毎年一〇人ずつ選出され、仮に軍隊の指揮には秀でていなくとも、政治や外交での任務も重要であった。ソポクレースがペリクレースと同僚であった時のエピソードはいろいろ伝えられているが、その後、前四二〇年代にもニーキアース（ペリクレース亡き後の代表的政治家）と共に将軍職に就いたようである（プルータルコス『対比列伝』中「ニーキアース伝」一五）。

もう一つ注目されるのは、ソポクレースには愉快な、艶笑譚めいた挿話が幾つも伝えられていることである。そもそも彼は、既に老境にあって遊女《ヘタイラー》を愛したとか、好きになった遊女を遺産相続人に加えたと伝えられる一方、「エウリーピデースが女好きであったように、ソポクレースは少年好きであった」と書き立てられるから（アテーナイオス『食卓の賢人たち』五九二A以下、六〇三E）、男色も女色も拒まず、老いてなお盛んだったようである。ソポクレースが、「色事の方《ほう》はどうです。ご婦人との閨事《ねやごと》はできていますかな」と尋ねられて、「桑原桑原、狂おしく荒々しい暴君から逃げて来たように、それから逃げおおせて、この上なく喜んでいるところだ」と答えたという話（プラトーン『国家』三二九C、キケロー『老年について』四七）も、彼がその道で話題の人であった証しであろう。

そのようなソポクレースのエピソードを一つだけ紹介しておこう。「イソップ寓話」

が古代社会でどのように活用されていたかを窺わせる意味でも興味深い話である。ある時ソポクレースは美少年を城郭の外に誘い出して楽しもうとした。少年の粗末なマントを草の上に広げ、ソポクレースの上等の打掛けで二人は身をくるんだが、交歓の後、少年は自分のマントはそこに残し、ソポクレースの美服を持ち去った。このことはたちまち都の噂となり、聞きつけたエウリーピデースは、自分もこの少年と関係したが何もおまけはやらなかった、ソポクレースは鼻の下を長くして鼻毛を抜かれた、と揶揄した。これに対してソポクレースは、「北風と太陽」の寓話をもって反撃したというのである。

エウリーピデースよ、吾輩を温《ぬく》めて服を脱がせたのは、少年ではなく、
太陽であった。貴公が人の女房とよろしくやる時のお供は、
北風だったな。他所《よそ》の畠に種播きながら、愛の神《エロース》を
盗人《ぬすびと》呼ばわりするとは、筋がとおらぬぞ。

（アテーナイオス『食卓の賢人たち』六〇四D以下）

こんなゴシップにどれほどの真実が含まれているかは固《もと》より定かでないし、「出自と生涯」が伝えるソポクレースの最期、未熟な葡萄を喉に詰めて、または息を長く伸ばしすぎて、あるいは優勝の報に喜びすぎて死んだ、というのは明らかにフィクションであろう。酒と恋の詩人アナクレオーン(前五七〇頃—四八五頃)は干葡萄ジュースで老いの身を養っていたところ、一粒の種が喉に詰まって死んだというし(ウァレリウス・マクシムス『著名言行録』九・一二・外国部八)、メナンドロスと人気を二分した新喜劇詩人ピレーモーン(前三六五頃—二六五頃)は自分のために用意された無花果《いちじく》を驢馬が食べるのを見て笑いがこみ上げ、序《つい》でに生《き》の葡萄酒も飲ませようとしたが、笑いながら咳きこんで窒息死したというなど(伝ルーキアーノス『長寿者づくし』二五)、ギリシアの詩人や哲学者は奇抜な死を伝えられることが多い。アイスキュロスも鷲が上空より落とした亀の甲羅に禿頭を割られて死んだというし(「アイスキュロス伝」)、エウリーピデースもマケドニアのアルケラーオス王との会食からの帰途、ライヴァルの放った犬に食い殺されたと伝えられるなど(ゲッリウス『アッティカの夜』一五・二〇・九)、尋常の死に方をさせてもらっていないのである。

ともあれ、エウリーピデースとソポクレースの相次ぐ死はアテーナイの人々にとって大きな喪失であったに違いなく、喜劇詩人たちは直ちにそれに反応した。アリストパネースは前四〇五年一月のレーナイア祭(大ディオニューシア祭では悲劇の競演が主であったのに対して、ここでは喜劇の競演が主)で優勝した『蛙』において、地上にはまともな悲劇詩人がいなくなったので冥界からエウリーピデースを呼び返そうとした。その際、なぜソポクレースでないかといえば、彼は人格円満で、冥界にいることに満足しているから、というのである(『蛙』八二)。冥界ではアイスキュロスとエウリーピデースが悲劇の首座を争うが、そこでもソポクレースは超然として、いわば別格扱いされている。

この時のレーナイア祭で二等となったプリューニコスも、失われた喜劇『詩神たち《ムーサイ》』の中でこのような詩句を残している。

幸せ者のソポクレース。長生きをして
幸運な巨匠として亡くなった。
みごとな悲劇を数多く作り、
みごとに逝った、不幸に耐える要もなく。

（断片三二、Kassel-Austin。西村賀子訳）

家柄、才能、容貌、人格、あらゆる面で欠けるところなく、黄金時代の理想を体現した人物、というソポクレース像は同時代から既に作られていたようである。

ここで私が不思議に思うのは、円満具足の人格を謳われ、虚実取り混ぜた伝記では好色で茶目っ気たっぷりな人物とも伝えられるソポクレースと、その深刻な作品との懸隔である。人間を越えた英雄的存在に思いを馳せ、また人間の生がいかに深い闇を抱え、いかに苦に満ちているかを追究して止まなかったソポクレースと、伝記が伝える如き人間像とが一致しないのである。しかし、人間としてのこのような振幅の大きさこそ優れた劇詩人の資質であるのかもしれない。あるいはまた、苦悩のみが文学を創るのではないという例をここに見るべきであろうか。

ソポクレースは多作家で、『スーダ辞典』（一五二頁に訳出）によると、「一二三篇の悲劇を上演したが、それより遥かに多いという説もある」という。大ディオニューシア祭における悲劇の競演では、前年の夏に予選が行われて出場する三詩人が絞られ、その三人はそれぞれ悲劇三篇とサテュロス劇一篇をもって三月の本選に臨んだ。したがって、ソポクレース六〇年余の劇作家生活の中で、本選出場を三〇回許されただけで一二〇篇となるから、これよりずっと多くの劇を作った可能性はある。

優勝回数は二四回（『スーダ辞典』）、二〇回（「出自と生涯」）、あるいは一八回（シケリアのディオドーロス『世界史』一三・一〇三・四。刻文資料）と伝えられる。数字の誤差については説明する試みもあるが、ここではアイスキュロスの一三回（「生涯」。『スーダ辞典』によると二八回）、エウリーピデースの五回（『スーダ辞典』）と並べるだけにしておこう。アイスキュロスには強力なライヴァルが少なかったかもしれない。エウリーピデースは人妻の不倫や私生児の生み捨てといったスキャンダラスなテーマを扱うことが多かったので、初演の際には反撥を買ったが、その人気は死後に高まった。競演の審査では、一〇人の審判の投票のうち、五枚を籤《くじ》で引いて最終決定としたから偶然が作用したし、審査にまつわる不明朗な噂も少なくなかった。しかし、そのようなことを斟酌《しんしゃく》しても、ソポクレースの優勝率の高かったことは認められよう。

多くの作品のうち、完全な形で今日に伝わるのは七篇に過ぎず、そのうち、上演年代が判明しているのは前四〇九年の『ピロクテーテース』と、前四〇一年に死後上演された『コローノスのオイディプース』のみである。

『アンティゴネー』の上演年代については一つ手がかりがあるが、それを認めるかどうかについては賛否両論がある。「文献学者アリストパネースによる『アンティゴネー』の梗概《ヒュポテシス》」(一三九頁以下に訳出)に、「ソポクレースは『アンティゴネー』の上演で好評を博した結果、サモス島遠征〔前四四一／〇〕の将軍職を与えられた」とあるところから、『アンティゴネー』の上演は前四四二年か四四一年とされてきた。これについて、悲劇の成功と将軍選出との結びつきを疑う立場がある一方、直接の因果関係はなくとも、将軍に選ばれた時には『アンティゴネー』は既に知られた名前であったということは事実と認めてよい、と考えることもできるのである。

　これとは別に、場面構成の技巧や文体の考察からも、『アンティゴネー』は比較的初期の作品ではないかと考えられている。『アンティゴネー』376—581では三人の登場人物が対話を行うが、この三人対話の処理が『アイアース』や『トラーキースの女たち』よりは進化しているものの、『オイディプース王』(513—648、1110—1185)や『ピロクテーテース』(865—1080)ほど巧みでない、というのが一つの視点である(但し、場面構成は劇の内容とも関わるし、詩人の技巧が直線的に進化するとも限らない、との批判もある)。そして、後期作品では普通に行われるアンティラバイ(一行を二人以上で分割して語る割り科白)が『アンティゴネー』では見られない、というのがもう一つの根拠となる。さらに、「『アンティゴネー』の梗概」にある「この劇は三二番目と言われている」という記述が創作順を表わすとすれば、これも比較的初期を指し示す。

以上の考察からおおよその上演順は次のように推定されている。

『アイアース』『トラーキースの女たち』前四六八デビュー後の初期
『アンティゴネー』前四四二かその翌年
『オイディプース王』前四二〇年代
『エーレクトラー』後期、前四二〇から四一〇の間
『ピロクテーテース』前四〇九
『コローノスのオイディプース』前四〇一、死後上演
(『アイアース』を円熟期の傑作として『オイディプース王』の少し前に想定する説もある)

作品『アンティゴネー』

『アンティゴネー』ほど批評家の解釈が多様に分かれる作品も珍しいが、それは本劇が多くの論点を内包することの他に、ソポクレースがわざと曖昧なままに残す表現

や情況が少なくないことに起因するように思われる。この劇の主人公はアンティゴネーなのかクレオーンなのか。（本劇一三五三行のうちクレオーンの科白と歌は三五二行、対してアンティゴネーのそれは僅かに二一六行。最後のコロスの歌はクレオーンに向けられている。それにもかかわらず、主人公はアンティゴネーだと私は考える。）クレオーンは完全に正しいのか完全に間違っているのか。アンティゴネーの行為は全く正当なのか独善的な違法行為に過ぎないのか。しかし、この劇にはそのような極論は馴染まないようである。

　ギリシア人の精神にはヒュブリス（思い上がり）の諫《いさ》めとソープロシュネー（健全な思慮）への促しが深く根付いていた。ギリシア神話には血にまみれた一族や、先祖の罪を子孫が償う物語がしばしば現われる。罪なき人の苦難もあれば過ち《アーテー》の結果としての破滅《アーテー》もある。δράσαντι παθεῖν（ドラサンティ・パテイン。した人は苦しまねばならぬ）、πάθει μάθος（パテイ・マトス。苦難を経ての知）、μάθει πάθος（マテイ・パトス。知ることによる苦）といったモチーフはギリシア文学、とりわけソポクレースには頻繁に現われる。本劇もそのような観念の形象化であろうか。

　あるいはまた、ヘーゲルがこの劇の中に国家の法と自然の法（家族愛）の対立を見て以来、この劇を原理の対立を描いたものと解釈する傾向が強くなった。確かにこの劇には国家と家族(あるいは個人の良心)、神と人間、老人と若者、男性と女性、など対立項が数々あるが、しかしこの劇に「原理の抗争をみることほど、この作品にかんするわれわれの判断を誤らせるものはない」(A・ボナール)とする考えもある。

多様な解釈を受け入れる本劇ではあるが、その進行は単線的で単純とも言えよう。クレオーンの埋葬禁止令が発端となって、それと対決する人物が順次登場する。対話は説得ないし一致を求めて始められるのに、ことごとく反対方向に激して終わる。そしてそのような場面が積み重なって一瀉千里に悲劇的な結末に至る。このような見通しのもとに各場面をやや詳しく解説しつつ、訳者なりの解釈を試みたい。

[プロロゴス](1—99)

テーバイに攻め寄せたアルゴス軍が敗れて去り、一夜明ける前の時刻である。アンティゴネーが妹のイスメーネーを王宮の外へ呼び出し、新しく王位に就いたばかりのクレオーンのお触れを知らせる。テーバイを守って戦死したエテオクレースは手厚く葬る一方、祖国に仇《あだ》なして果てたポリュネイケースの死体は野晒しにして鳥獣の啖《くら》うにまかせ、埋葬しようとする者は死刑に処す、というのである。このクレオーンの埋葬禁止令が動因となって、アンティゴネーの反応を引き出し、その後の劇の全てを動かしてゆく。

アンティゴネーは禁を犯して愛する兄を埋葬しようとするが、女手一つで遺体を動かすことができぬ故、イスメーネーに助力を持ちかける。イスメーネーの対応は極めて常識的なものである。

プロロゴスは普通、劇の背景や情況を説明し、テーマを提示する役目を帯びる。このプロロゴスにおける姉妹の対話は、イスメーネーとの対照によってアンティゴネーの性格と思考を際立たせるが、そればかりでなく、アンティゴネーの行動をより尖鋭化させる働きもする。即ち、イスメーネーは姉の頼みを断って怒らせるだけでなく、「この仕事は誰にも漏らしてはだめよ、こっそり隠しておくのよ」(84)と言うことにより、姉の反抗心・闘争心に火をつけることになる。アンティゴネーは初め、埋葬禁止令を受けて咄嗟《とっさ》に愛する兄を埋葬しようと思うが、恐らくそれ以上の考えはなかった。ところが今、隠しておくよう言われたことにより、彼女の行動はその反対方向への形を明確にする。クレオーンが禁令を国中に向けて発したように、彼女も埋葬行為を国中に向けて顕示しなければならぬと思うに至るのである。

さらに、アンティゴネーの死への傾斜は全篇を通じて認められるが、それもこのプロロゴスで早くも明示されている。死が美しいものであること、この世よりあの世での生の方が長いという思い(72以下)、がそれである。

[パロドス](100―161)

テーバイの長老たち一五人から成るコロスが入場して来る。彼らはポリュネイケース率いるアルゴス軍の脅威が去り、命輝く日の光を再び見る喜びを歌うが、敵将の名は一人も挙げない。狂暴にして驕慢なカパネウスが示唆されるのみである。この沈黙によって、本劇がテーバイ伝説圏の一齣《ひとこま》をなすものではあっても、アイスキュロス『テーバイを攻める七将』やエウリーピデース『フェニキアの女たち』のような戦闘そのものを扱う劇ではないことを、ソポクレースは表明しているのであろう。

コロスのメンバーは「町の分限者たち」(843)とか「テーバイの諸侯たち」(940)と呼ばれ、先王ラーイオスとオイディプースにもよく仕えた(165以下)と言われるから、テーバイ王の忠実な臣下である。その上、本劇のクレオーンは、326で一旦王宮内へ下がるのと、戦場と岩室《いわむろ》へと急行すべく退場する(1114)他は、ほとんど舞台に留まったままであるから、コロスはクレオーンに対する批判を口にはしにくいようである。クレオーンとハイモーンの対決の場では、コロスは「お二方とも良いことを仰言《おっしゃ》いました」(725)と二股膏薬的であるし、アンティゴネーに対しては、「独り決めをするご気性が、あなたを滅ぼしたのですぞ」(875)と手厳しい。テイレシアースが恐ろしい予言を残して立ち去った後で(1090)、コロスはようやくクレオーンの忠告者に転じる。

そのようなコロスであるが、148以下で「ニーケー〔勝利の女神〕が……出でました以上、この度の戦いも過ぎたこと、忘れ去るがよい」と歌うところに注目したい。これは、戦争も終わり平和に心を向けなければならない時に、クレオーンが敵への憎しみを燃やし続けることをそれとなく批判しているのかもしれないからである。

〔第一エペイソディオン〕(162―331)

番人が登場して、何者かがポリュネイケースの死骸を埋葬したことを報告する。墓に埋めたわけではないものの、必要な葬礼は執り行われており(247)、しかし、犯人がやって来て作業を行った形跡は残っていないというのである。コロスは、「これは神々の仕業ではないかと思われます」(278)と言って、クレオーンの憤激を買う。その物言いでクレオーンを苛々させる番人は、ソポクレース劇には珍しいコミカルな役柄である。彼は初め、王の前に出る恐怖から悲劇調の高ぶった言葉遣いをしていたが、次第に持ち前の饒舌ぶりを発揮し、クレオーンの性格が見えて来るにつれ、余裕のある応答に転じる。クレオーンが去った後の独語では、さらにくだけた口調になる。ただ、この番人をシェイクスピア劇のクラウンになぞらえる見方もあるが、そこまでは言えぬであろう。ともあれクレオーンは、犯人を見つけて来なければ死刑だと脅してこの番人を追い返す。

[第一スタシモン](332―375)

「恐ろしきものはあまたあれど」で始まるコロスの歌は、ギリシア悲劇中最も名高いものの一つで、「人間讃歌」と呼ばれている。「恐ろしきもの」と訳した *δεινά*(ディナ)はまた「不思議な、驚くべき、巧みな、ものすごい、不気味な」などとも訳し得る多義性のある言葉で、ここでは人間の素晴らしさと同時に底知れぬ恐ろしさも歌われている。

前の場面で何者かが埋葬を行ったことが報告されたが、それを受けてコロスの思念は、作業の跡さえ残さぬ犯人の巧みさ恐ろしさから、航海・農耕・狩猟・家畜化・言葉・思考・家・都市・医療と文明を発達させて来た人類の巧みさ恐ろしさへと広がってゆく。しかしそれに続けて、賢き才能を善に生かす人と悪に使う人とに分かれる、ともコロスは歌う。観衆はこの歌を聴いて、恐るべき巧みさはアンティゴネーのことかと思う一方、国の掟と正義を尊ぶ者とはクレオーンのことか、とも感じるであろう。

［第二エペイソディオン］(376—581)

この部分は、番人がクレオーンの前にアンティゴネーを連行する場面(376—445)、アンティゴネーとクレオーンの対決(446—525)、クレオーンの前でのアンティゴネーとイスメーネーの二度目のやり取り(526—581)、の三つの小場面から成る。

第一の場面で、番人がアンティゴネーを捕えて再び登場し、彼女を現行犯逮捕した時の様子をクレオーンに詳しく説明する。ここで、アンティゴネーはなぜ、みすみす捕まることが分かっているのに二度目に出かけたか、ということを問題にする論者がある。そして例えば、アンティゴネーが捕えられ死を言い渡された時になって初めて最初の埋葬が成功していたことが知らされるのでは、彼女のクレオーンに対する勝利の効果が消えてしまうので、作者は埋葬行為を成功と未遂とに二重化した、という解答が出された(テュヒョー・フォン・ヴィラモーヴィッツ－メレンドルフ)。あるいはまた、これではなぜ二度かが説明されていないとして、埋葬の繰り返しによってのみ権力者の態度が揶揄され、その限界が明らかにされるからだ、と考える論者もある(ラインハルト)。

ヴィラモーヴィッツが斥けた心理的解釈への逆行も見られる。例えば、イスメーネーの協力を得られなかったアンティゴネーは単身、兄の埋葬に赴くが、怖くなったため中断して戻って来た。そして暫く(五、六時間)館の中に潜んでいる間に、逃げ帰って来た自らの怯懦《きょうだ》を責め、いま一度死への意思を固め、二度目の埋葬に出かけて番兵に捕まった、というのである(丹下和彦)。しかし、そのようなことはテクストのどこにも書かれていないし、それを示唆するものもない。一度目の埋葬は中途半端に終わっているどころか、「必要な葬礼が執り行われた」(247)とはっきりと報告されているのである。

アンティゴネーは一度目の埋葬を見とがめられず無事戻って来るが、ソポクレース

がそのように劇を作ったのは、コロスに、

王よ、先ほどからつらつら考えておりますが、
私にはどうやら、これは神々の仕業ではないかと思われます。（278―279）

という科白を語らせるためであった、とする解答もある（川島重成）。アンティゴネーの行為に神の手が共働していたことを暗示するために、ソポクレースはコロスにこれを語らせたのではないか、とするのは優れた解釈である。しかしながら、コロスにその科白を語らせたいがためにソポクレースが二度の埋葬の場を作ったとするのは、原因と結果を逆にした考えであろう。最初の埋葬は、明示されない事情の下で見とがめられず無事に遂行され、その結果、コロスはそこに神の介入を推測したのである。

私はむしろ、二度の埋葬は問題にならぬと考える。なぜなら、それはアンティゴネーにとって自然なことであったし、劇『アンティゴネー』にとって必要な手続きであると考えられるからである。

まず、劇の構造上の対応に注意してみる。本劇のクライマックスとも言うべきアン

ティゴネーとクレオーンの対決の場に先立って、一方のアンティゴネーはイスメーネーと対話を行い、他方クレオーンは番人から報告を受ける。アンティゴネーはイスメーネーに協力を拒まれて孤立感を深め、埋葬行為を隠しておくよう言われて、却ってそれを衆人に顕示しようと心昂《たかぶ》る。他方クレオーンも、自ら発した禁令が易々と破られたことを知らされて、死者および犯人に対する憎しみが倍加する。こうして極度に気持ちの昂った者同士が、次の場面で対決することになるのである。

そしてまた、二度の埋葬がアンティゴネーにとって自然なことだというのは、もはや埋葬行為を隠す気のないアンティゴネーは、何度でも兄の墓を訪れるからである。彼女が二度目に墓を訪れるのは真昼時、しかも見事な造りの青銅の水差しを携えて行く(430)から、これはもう挑発である。（蛇足ながら、二度目の埋葬のない劇を仮定してみるとよい。クレオーンの禁令にもかかわらずアンティゴネーが埋葬を行う。番人が捕まえ、クレオーンの前に連行する。クレオーンは番人を犒《ねぎら》って去らせ、さっそくアンティゴネーの尋問に移る。これではどれほど劇の緊張が失われることであろうか。このような仮定はヴィラモーヴィッツも行っている。）

そして第二の場面、アンティゴネーとクレオーンの対決となる。本劇の名を高からしめているのは主にこの場面の力であろうし、この場面におけるアンティゴネーとクレオーンの対立に、ヘーゲルが国家の法と自然の法(家族愛)の対立を見たことはよく知られている(『美学講義』第二部第二篇第一章。『宗教哲学講義』第二部第二篇Ⅱ、他)。しかし、ヘーゲルは対立する両者にそれぞれ正当性を認め、この対立の必然性を論じるものの、この対立で劇全体を解釈しているわけではないから、ヘーゲルの力強い概念化に呪縛されぬようにしなければならぬと反省もなされている(橋本隆夫)。

ヘーゲルの影響下にある論者はしばしば、この劇を二つの等価の正義同士、真実同士の葛藤を描いたものと解釈するが、そもそもクレオーンの禁令は正当であったのか。これについては参考になる事例がある。

テミストクレースといえば第二次ペルシア戦争中のサラミースの海戦でアテーナイを勝利に導いた知将であるが、後に陶片追放に遭って祖国を逐われ、さらにペルシアとの内通を疑われて欠席裁判で死刑を宣告された。そして各地を転々とした後、あろうことか旧敵ペルシア大王の庇護下に入り、領地まで下賜されて、数年後にそこで客死した(自害という説もある)。その遺骨は彼の遺志により祖国に持ち帰られ、アテーナイ人に内緒でアッティカの地に葬られたという。それというのも、反逆罪で追放されていた者は葬ることが許されなかったからであった(トゥーキューディデース『歴史』一・一三八)。

このことからすれば、祖国に弓を引いた謀叛人を領土内に葬らせないのは法に適っていた。しかし、遺体を親族が領土外に持ち出して埋葬することまで禁じたり、鳥獣に啖《くら》わせたりすれば宗教的な問題に触れたであろう。ソポクレースはクレオーンが領土外での埋葬まで禁じたかどうかを明言せぬことで、彼の宗教的責任を曖昧にする一方、アンティゴネーには兄の遺体を領土外へ運び出させぬことで、彼女が罪せられてもやむを得ない情況を作り出したようである。

また、アンティゴネーが神の法と人の法を明確に対立させることについてはどのように考えるべきであろうか。彼女によると、クレオーンの埋葬禁止令は人の法、それに対して、愛する肉親を葬るのは文字には書かれぬ万古不易の神の法だという。しかし元来、神の法は人の法と対立するどころか、その基礎付けとなり究極の根拠となるもののはずである(松永雄二)。「人間界の法はすべて、神の唯一なる法によって養われている。すなわち、神の法は欲する限りのものを支配し、すべてのものに及んで、なおそれを凌駕しているのである」(ヘーラクレイトス、断片一一四、Diels-Kranz。内山勝利訳)という言葉がよくそれを証している。アンティゴネーは神学者でもなければ法哲学の徒でもない。彼女はクレオーンの禁令を受けて、死んだ兄への愛情から本能的に埋葬の挙に出たが、クレオーンに対して自己の立場を正当化する時になって初めて、神の法と人の法の考えが心の奥底から迸《ほとばし》り出て来たのであろう。

続く第三の場面では、アンティゴネーとイスメーネーの二度目の対話が行われる。クレオーンは邸の中でイスメーネーが狂乱の態でいるのを見かけ、彼女も共犯者だと思いこみ、呼び出して尋問するのである。イスメーネーは「この姉が認めて下さるなら、私《わたし》はそれをいたしました」(536)と言うのだが、アンティゴネーは「お前はしたくなかったのだし、私も仲間に入れなかった」(539)と冷たく突き放す。

この場面について、アンティゴネーはイスメーネーを救うために彼女を否定したとする解釈があるが、甘い見方であろう。アンティゴネーはまず、イスメーネーに協力を断られた時に深い孤立感を懐き、その時の怒りを引きずっている。また、「お前は生きることを、私は死ぬことを選んだのだ」(555)、「お前は生きているのだし、私の命は、死んだ人たちに尽くすために、とっくに死んでいる」(559—560)と言うように、妹と自分とでは生きる世界が違う、そんな人間に英雄的行為を共にして欲しくないのである。

ところで、姉と比べると影が薄いイスメーネーであるが、この場における彼女の役割は新たな論点を持ち出すことにある。彼女はクレオーンに処刑の決定を思いとどまらせようとして、「それでは、ご子息の花嫁の命を奪うのですか」(568)と、アンティゴネーとハイモーンが婚約者である事実を、ここで初めて明らかにする。「他の女の畠を耕せばよい」(569)というクレオーンの粗暴な返答は、愛の神《エロース》の怒りに触れるに充分であろう。宗教的に問題のある布告を権力で押し通そうとして政治的に過ちを犯したクレオーンが、さらに人間的な過ちに踏み出してしまうことになるのである。

このやり取りのさなかに発せられる、「ああ、最愛のハイモーン。父上があなたに何という侮辱でしょう」(572)という科白が、アンティゴネーのものかイスメーネーのものかということで問題になっている。諸写本はこれをイスメーネーに割り当てるが、アルドゥス版(一五〇二年。ヴェネツィアの古典学者・印刷業者アルドゥス・マヌティウスの印刷所から刊行された印刷本初版)がこれをアンティゴネーの科白に移して以来、それに従う有力な学者は多い。許嫁《いいなずけ》でもないイスメーネーがハイモーンに「最愛の」と呼びかけるのはおかしい、というのが一つの理由であるが、しかし、ギリシア語では形容詞最上級の使用はそれほど厳格でない。むしろ、イスメーネーとクレオーンの緊迫したスティコミューティアー（一行ずつの科白の応酬）の途中にアンティゴネーが割り込む不自然の方が大きい。それにもっと重要なことであるが、後にも述べるように、アンティゴネーは絶対的な孤立意識の中で、もはや地上の誰をも愛していない。妹も婚約者も彼女の念慮にはない。それゆえ私は、底本に従ってこれをイスメーネーの科白と考える。

［第二スタシモン］（582―625）

一族に残された最後の根、アンティゴネーにも死刑が宣告されたことから、コロスはラブダコス家に重なる不幸の歴史を歌う。遠くさまよう徒《いたずら》な希望（615）で破滅するのはアンティゴネーを、心惑わされて悪も善に見える（624）のはクレオーンを暗示するのであろうか。

［第三エペイソディオン］（626―780）

ハイモーンが登場して父親と対決する。クレオーンは家と国家をアナロジーでとらえ、息子と国民に自分への恭順を求める。そしてハイモーンについては、婚約者が死刑を宣せられたことで父親に対して怒り狂ってやって来たとしか思えない。一方ハイモーンは、アンティゴネーが許嫁であることには一切触れず、彼女の行為そのものの評価を基にして彼女を弁護する。国王であるクレオーンの方が公私混同を犯していると言わざるを得ない。

番人と予言者を金の亡者と言い募る時、クレオーンは思いこみの強い性格を露呈するが、この場面では、人に影響されやすいという彼の弱点も炙《あぶ》り出される。彼がハイモーンを女の奴隷と呼び、結婚させぬと繰り返すのは、前の場面でイスメーネーから、ハイモーンとアンティゴネーが婚約者であることを思い出させられ、コロスの長からも、ハイモーンが新婚の夢破れて悲しんでいるのではないかと示唆されて、思考がその方面に誘いこまれてしまっているからである。

またクレオーンは、コロスの長からは、「では、やはり二人とも殺してしまうおつもりですか」(770)と問われて、あっさりと前言を取り消し、イスメーネーを助けることにするし、アンティゴネーの処刑法についても、石打の刑から岩室に閉じ籠めることに変更する。アンティゴネーとクレオーンの対立を、よく似た頑固者同士の争いと見る意見もあるが、他人の考えに左右されるかどうかで二人は決定的に違っている。この点では、クレオーンはむしろイスメーネーに似ているのである。

この場面は売り言葉に買い言葉のようにして進むが、もう一つ、ソポクレースが言い忘れていないことがある。ハイモーンはクレオーンに対して、「水嵩《みずかさ》を増した冬の流れのほとりでも、流れに逆らわぬ木は、枝も無事でいますが……」(712以下)と説くが、クレオーンも先にアンティゴネーについて、「余りにも頑《かたく》な心もちが、一番頽《くずお》れやすい……」(473以下)と同じ主旨のことを語っている。自ら正論と思うところを息子から説教されては、クレオーンとしては聞くわけにはいかない。息子が、相手がただ父親だというだけで反抗する話はよくあるが、ここでは立場が逆である。しかし、これもまた父と子の間に避け難い過ちの相であある、とソポクレースは見ているのであろう。

[第三スタシモン](781―800)

「エロース讃歌」と呼ばれる歌である。エロース(愛の神。エロスと短く言う語形もある)はヘーシオドス『神統記』では、全ての神々に先立って現われた、男性女性を結びつける原理のようなものであったが、後には美と愛の神アプロディーテーの子とされるようになる。ハイモーンが絶対的権威の父に抗うのもアンティゴネーへの愛ゆえであるとの想念から、コロスは万物に打ち勝つエロースの力を歌う。この歌はまた、ハイモーンの恋を認めず、女性は子を生む畠でしかないと考えるクレオーンも、エロースに罰せられるのではないかと予感させる。

［第四エペイソディオン］(801—943)

激しい論争が続いた後で、一転して嘆きの場面となる。まず、アンティゴネーとコロス(もしくはコロスの長)が嘆きの歌を歌い交わすコンモス(哀悼のため胸を打ち叩く)と呼ばれる場面(806—882)では、ますます孤立感を深めるアンティゴネーは自らの身をニオベーになぞらえる。ヒュブリス(思い上がり)の罪ゆえに全ての子を神々に奪われ、泣き続けて石に化した女性である。続いて「ああ墓よ、ああ花嫁の間《ま》よ」で始まるアンティゴネーのこの世との訣別の長い独白(891—928)。これも哀切極まるものであるが、この科白の中には本劇一番の物議をかもす部分が含まれている。それは904—920の真偽問題である。

劇の前半でアンティゴネーは、兄の遺体を埋葬するところを捕えられ、クレオーンの前で堂々と自分の行為の正当性を主張するのに、死の待つ岩室へと引き立てられる時になって、身の定めを嘆くのはともかく、「兄弟でなく子供や夫のためならこんなことはしていなかっただろう」というような理屈を述べるのは、確かにはなはだ奇異である。ゲーテはこの箇所について、次のように語っているほどである。

有能な文献学者がこの箇所を後世の挿入で真正でないことを証明してくれたなら、私はたんと褒美を出したいくらいだ。ヒロインは劇の進行の中で、已れの行為のこの上ない崇高な理由を語り、至純の気高い魂を披瀝するのに、いよいよ死へと赴く時になると、まったくどうしようもない、喜劇すれすれの動機を持ち出すのだから。（エッカーマン『ゲーテとの対話』第三部。一八二七年三月二八日）

真正を疑われる904—920の中、909—912（「夫ならば、たとえ死んでも別の夫が得られよう……」）がヘーロドトス『歴史』に語られる、ペルシア貴族インタプレネースの妻のエピソードからの借用であることについては、諸家の意見が一致している。（『歴史』の最終的な成立は前四三〇年以後と推定されるから、『アンティゴネー』の上演が前四四二／一だとすると、借用関係は逆になりそうだが、ヘーロドトスが『歴史』の全体を公表する前に、先輩で知人のソポクレースに様々な興味深いエピソードを語り聞かせていた、と考えるのである。）

インタプレネースはペルシア大王ダーレイオスに謀叛の嫌疑をかけられ、一族の男子ことごとくが獄に繋がれる。妻が毎日のように王宮の門前にやって来て嘆くのを止めないので、大王も遂に憐れみを覚え、一人だけ命を助けよう、と妻に伝える。妻は兄弟を選んで、その理由を問われて、

神様の思召しがあれば、私は別の夫をもつこともできましょう。また今の子供たちを失っても、ほかの子供を設けることもありましょう。しかし父も母も既にこの世にない今となっては、もうひとり兄弟をもつことはどうにもできぬことでございますもの。（『歴史』三・一一九。松平千秋訳）

と答えるのである。（インタプレネースの妻の話には、釈迦の前生譚『ジャータカ』にも類話

があること、さらには、兄弟でなく夫や父を選ぶタイプの話もあることは、拙著『物語の海へ　ギリシア奇譚集』中「妻の選択」の章で詳しく述べた。）

さて、904―920の真偽問題であるが、死を前にしたヒロインがこのような計算ずくの理屈を述べるのはおかしいとして、これを後人の加筆と考える立場が一方にある。他方、クレオーンとの対決は終わり、今や地下の兄の所へ赴こうとするアンティゴネーが、その兄に向かって、兄を愛する理由を吐露している、と考える人たちは、これを真作と認める。『歴史』からの借用とされる箇所（909―912）をアリストテレース（『弁論術』一四一七a三二以下）が『アンティゴネー』のものだと明言していることも、真作説を力づけている。この問題については、いずれの立場をとるにしても主観的な感想に頼るほかなく、結論を得るのは困難であろう。

劇の前半では自己の行為に胸を張り、死を得なことと語ったアンティゴネーが、最後に、結婚も知らず哀悼してくれる友もなきままに死んでゆくことを嘆くのを、矛盾として批判する意見も根強い。しかしこれについては、ジョージ・スタイナーの解釈が参考になろう。ゲッセマネの園におけるイエスの苦悶（『マタイによる福音書』二六・三六以下）や、ジャンヌ・ダルクの束の間の変説（転向 recantation）と同じく、アンティゴネーの嘆きも、覚悟の自己犠牲を前にした最後の逡巡（しりごみ）という文学的定型《トポス》に属すものであり、この逡巡があればこそ、自己犠牲に輝きと意味を与える自己認識が可能になる、というのである。

［第四スタシモン］（944―987）

アンティゴネーが舞台から去って、コロスが歌う歌は難解である。第一ストロペーで歌われるダナエーはアルゴス王アクリシオスの娘で、彼女の生む子が祖父を殺すであろうとの神託が下ったため、青銅造りの塔に幽閉された。墓さながらの室《むろ》に閉じ籠められることでアンティゴネーの身の上と重なる。第一アンティストロペーに見えるリュクールゴス（「エードーノイ人の王」）も、ディオニューソスを嘲った罰で岩室に閉じ籠められるという共通点があるが、別伝では発狂して息子を殺したというから、あるいは息子を死なせることになるクレオーンを暗示するのかもしれない。

第二ストロペーとアンティストロペーでは、苛酷な運命の襲うところとなったもう一人の女性のことが歌われる。北風神《ボレアース》はアテーナイ王エレクテウスの娘オーレイテュイアを住地トラキアへ攫《さら》って行き、二人の間にクレオパトラーが生まれる。彼女は同地方のサルミュデーッソスの王ピーネウスに嫁して二子を生む。ピーネウスは彼女と離別して後添い（イーダイアー、またはエイドテアー）を迎えるが、この後妻が継子に犯されそうになったと夫に讒言《ざんげん》したため、ピーネウスは二子を盲目にし、クレオパトラーを牢に入れた。（この歌では二子を盲目にしたのは後妻となっており、さらには、生母クレオパトラー自身がそうした、とする伝承もある。）

クレオパトラーが家郷を遠く離れた岩室で育てられた（984）とか、牢に入れられたという神話もあるが、その点以外はアンティゴネーとの関連は稀薄で、むしろピーネウスの二子が盲目にされるということから、次の場面で登場する盲目の予言者テイレシアースにイメージを繋いでいるだけではないかと私は考えている。

［第五エペイソディオン］（988―1114）

盲目の予言者テイレシアースが童子に手を引かれて登場する。（これは七世代を生きたと言われる高齢の予言者で（ヘーシオドス、断片二一一、Most）、テーバイにまつわる様々な伝説で活躍するが、その予言術の獲得については奇妙な神話が残されている。山中で蛇が交尾するのを見て、これを傷つけたところ女に変じ、同じ蛇の交尾を再び目撃して、男に戻った。

男と女ではどちらが房事の際の快楽が大きいか、ということでゼウスとヘーラーが口論した時、彼に裁定を求めた。彼は快楽を一九とすると、男は九、女は一〇だけ味わうと答え(一対一〇との伝もある)、それに怒ったヘーラーが彼の明を奪った代わりに、ゼウスが予言の術を授けた、というのである(ヘーシオドス、断片二一一a、Most。アポッロドーロス『文庫(ギリシア神話)』三・六・七参照)。

閑話休題。新たな人物が登場する際には、コロスの長がそれを言葉で示すのが普通であるが(クレオーン、155以下。番人とアンティゴネー、376以下。イスメーネー、526以下。ハイモーン、626以下。アンティゴネー、801以下。エウリュディケー、1180以下。クレオーン、1257以下)、この場面のテイレシアースはいきなり現われ、前置きもそこそこに本題に入る。これにより切迫感がいや増す。アンティゴネーとクレオーンの対決ではどちらにも正義があるかに見えたが、テイレシアースはクレオーンが神に拒否されていることをまざまざと示して、劇は一気に加速して終幕に向かう。

[第五スタシモン](1115―1154)

ディオニューソスはテーバイで生まれた神である(1116への注(131)参照)。この神はイタリアにも、エレウシースにも、パルナッソス山麓のデルポイにも、ニューサ(場所不明)にも縁があるが、今どこに在《いま》すにせよ、現われてテーバイの国難を救って下さい、とコロスは祈るのである。明るく活発な気分に満ちた希望の歌の後で、しかし全てが暗転する。コロスが事態の好転を期待して歌った直後に恐るべき事実が明かされるという構成は、『アイアース』の第二スタシモン(693—718)、『トラーキースの女たち』の第二スタシモン(633—662)、『オイディプース王』の第三スタシモン(1086—1109)にも共通するもので、ソポクレース劇の特色であるという(岡道男、一九九二)。

[エクソドス](1155—1353)

報せの者が登場して、直前のコロスの期待を裏切る悲惨事を告げる。アンティゴネーの後を追ってハイモーンが自裁した。それを聞いたクレオーンがコロスの長と嘆きの歌を歌い交わしているところへ、さらに妃の悲報が届けられる。緊迫の科白と身も世もない嘆きの歌を織り交ぜながら、ソポクレースは聴衆(読者)の痛ましさの感情を極限まで高めるが、畳みかけるテンポに聴衆(読者)は一種の爽快感さえ覚えるのではなかろうか。我々はただソポクレースの間然するところなき名人芸に酔っていればよいのであろう。

さて、聴衆(読者)はクレオーンの完膚なきまでの破滅を見とどけて充分な完結感を味わいつつ、何か忘れ物をしたような気分も残すのではなかろうか。ソポクレースは随所で曖昧な表現を採用しているが(30、247、1228への注(4)(42)(150)参照)、言葉の上だけでなく、情況としてもソポクレースが謎を仕掛けているのではないかと思われるところがある。

まず、アンティゴネーのポリュネイケースに対する愛情には近親相姦的な気味はなかったのかということ。アンティゴネーの科白には時々きわどいものがある。「私は誰よりも愛しい兄上の墓を築きに出かけます」(81)。ギリシア語では形容詞最上級が必ずしも厳格に使われなかった、とは先に述べた。しかし、「大切な人から私を引き離すことなど、あの男〔クレオーン〕にできるものか」(48)の「大切な人」と訳したものの原文は「私のもの〔私のポリュネイケース〕」であり、異様な親密さを示す。さらに、「あの人と共に、愛しい人と共に、愛しい女として横たわりましょう」(73)という発言は、「愛しい」の繰り返しに加えて、ハイモーンとアンティゴネーが重なりあって死ぬ様を伝える表現、「骸《むくろ》を抱いて骸が横たわっています」(1240)とよく似ている。アンティゴネーは死の床でハイモーンと一緒になったように、あの世でポリュネイケースと共寝しようと言っているかの如くである。しかしながらこの問題については、「アンティゴネーとポリュネイケースの間に、深い愛情で結ばれた特殊な関係があったことをソポクレースは示唆したかったか、あるいはしたくなかったか、胸に手を当てて断言できる人がいるだろうか」(ウィニングトン－イングラム)ということで満足せざるを得ないようである。

次に、ハイモーンがアンティゴネーを愛していたことは疑いえないとして、アンティゴネーはハイモーンを愛していたのかどうかということ。アンティゴネーは劇中一度もハイモーンの名を口にすることがないから愛していなかった、などと言うつもりはない。しかし、「あの方とこの姉ほど、似合いの縁組みはありません」(570)というイスメーネーの言葉も、アンティゴネーが婚約者を愛していたことの証拠にはならない。彼女はまた辞世の独白の中で、夫婦の床も子育ての喜びも知らずに死にゆくことを嘆くが、それは当時の社会で女性が自己を表現できた唯一のこと、それを実現できなかった恨みであって、ハイモーンとの失われた結婚を悲しんでいるのではなかろう。アンティゴネーには他に愛するものがあった故に、ハイモーンへの愛は念頭にはなかった、と私には思われてならない。

アンティゴネーはクレオーンとの対決の中で、「私は憎しみを共にするのではなく、愛を共にするよう生まれついているのです」(523)という名高い、そして気高い科白を吐く。しかしその実、彼女はイスメーネーを憎み、クレオーンを憎み、愛するのは既に亡き父母と兄ポリュネイケースだけのようである。彼女はイスメーネー(99、548)やハイモーン(751、1223以下)に深く愛されているのに、「嘆いてくれる愛しい人は、一人もいない」(882)とか、「愛しい人たちからも見捨てられ」(919)と嘆くばかりか、我が身を天涯孤独のニオベーになぞらえ(823以下)、最後には、「神々のいかなる正義を踏み外したというのだろう。この上は、不仕合わせな私がどうして神々のご加護を頼む必要があろう」(921以下)と、神々からも切り離された我が身を意識する。

すなわち、アンティゴネーは絶対的な孤立意識の中で、あの世の父母と兄しか愛していない。言い換えれば、もはや死しか愛するものがないアンティゴネーには、ハイモーンへの思慕はありえないと考えられるのである。ちょうどアンティゴネーが、神々の法を守り神の正義を証しして死んでゆくのに、神々からはいかなる配慮も頂けなかったように、ハイモーンも、命を賭すほどにアンティゴネーを愛しながら、彼女からは応えてもらっていない、と私には思われてならないのである。

アンティゴネーはなぜこのようなアンティゴネーになったのであろうか。それは、彼女がオイディプースの娘だから、と答える他あるまい。そして、感受性の鋭い少女が父母の過ち故にこの世に生を享けたことを知ったならばどうなるであろうか。その一つの答えが、劇『アンティゴネー』ではあるまいか。

この劇では、アンティゴネーは何度も死への愛を表明する。「この世の人たちより、地下の人たちを喜ばせなければならぬ時間の方が長いのだ」(74以下)、「もし寿命を待たずして死ぬことになろうとも、それは私の得になること。だって、私のように数々の不幸の中で生きる者は、死ねば得をすると、どうして言えぬであろう」(461以下)、「でも、そこへ行けば心底楽しみにしていることがある」(897)等。そして、それと並んで注目すべきは、「私の命は、死んだ人たちに尽くすために、とっくに死んでいる」(559以下)という発言である。

オイディプースは父殺しと母との近親相姦という知らずして犯した罪に気付いた時、われと我が手で両の眼を潰した(49以下)。正にその瞬間、アンティゴネーはこの世での生は終わった、と観じたのではなかろうか。「ああ、母上の臥処《ふしど》の過ち、私の父と不幸な母との、近親の閨《ねや》の交わり。何という人たちから、惨めな私は生まれてきたことか」(863以下)。正にその瞬間から、アンティゴネーはこの思いを胸に、父母とともに死を生きて来たのではなかろうか。

そのようなアンティゴネーにとって、ポリュネイケースを埋葬して——埋葬、それは兄を正しくあの世の父母のところへ送り届ける儀式である——死を与えられるのは、むしろ望むところであった。アンティゴネーは死に場所を求めていた、というのとは違う。この世での生は終わったと観じていた彼女は、愛のために、あるいは神の法を守るためには、権力からの死の脅しなどは些かも怖れることなく行動できる、そのような高いところに立っていたということである。しかし、そのアンティゴネーにとってさえ、その行動がいかに悲痛を伴うものであったかを、最後のコンモスの場(806以下)および辞世の独白(891以下)が示しているのであろう。

参考文献

(a)テクスト

H. Lloyd-Jones et N. G. Wilson, *Sophoclis Fabulae*. Oxford 1990 (OCT)
A. C. Pearson, *Sophoclis Fabulae*. Oxford 1964 (1924) (OCT)
A. Dain, *Sophocle*. Tome I. Paris 1967 (Budé)
R. D. Dawe, *Sophoclis Tragoediae*. Tom. II. Leipzig 1979 (Teubner)
H. Lloyd-Jones, *Sophocles*. II. London 1994 (LCL)

底本として Lloyd-Jones et Wilson を用いたが、『アンティゴネー』にはテクストが毀れて読みが確定していない箇所が多いので、Pearson 以下の諸版本、および注釈書の項に記した Jebb, Brown, Griffith も参照した。

（b）注釈書

R. C. Jebb, *Sophocles. The Plays and Fragments*. Part III *The Antigone*. Cambridge 1928
G. Müller, *Sophokles. Antigone*. Heidelberg 1967
J. C. Kamerbeek, *The Plays of Sophocles*. Part III *The Antigone*. Leiden 1978
A. Brown, *Sophocles: Antigone*. Warminster 1987

H. Lloyd-Jones and N. G. Wilson, *Sophoclea. Studies on the Text of Sophocles*. Oxford 1990

M. Griffith, *Sophocles. Antigone*. Cambridge 1999

いずれも有益な注釈であるが、とりわけ Griffith、次いで Jebb に裨益されるところが大きかった。Lloyd-Jones and Wilson, *Sophoclea* は底本の読みの根拠を示したもので、底本の姉妹版として参照した。

（c）研究書

T. von Wilamowitz-Moellendorff, *Die dramatische Technik des Sophokles*. Berlin 1917

K. Reinhardt, *Sophocles*. Oxford 1979 (translated by H. Harvey and D. Harvey. German edition 1947)

R. P. Winnington-Ingram, *Sophocles. An Interpretation*. Cambridge 1980

Ch. Zimmermann, *Der Antigone-Mythos in der antiken Literatur und Kunst*. Tübingen 1993

D.L. Cairns, ed., *Sophocles: Antigone.* London 2014(forthcoming)(Bloomsbury Companions to Greek Tragedy)
松永雄二「劇“*Antigone*”の統一性についての一つの覚書――主として905―12行の真偽問題を含む第四 Epeisodion の解釈を通じて(あるいは Antigone と「神の法」と劇全体との関係について)」『西洋古典学研究』四、一九五六
毛利三彌「アンティゴネー私見――英雄的性格の孤高さ」『ギリシャ悲劇研究』二、一九五九
橋本隆夫「『アンティゴネ』とクレオン悲劇」神戸大学教養部人文学会『論集』一二、一九七三
岡道男「ソポクレースについて」『ギリシア悲劇全集　別巻』岩波書店、一九九二
岡道男「アンティゴネーとクレオーン――ソポクレース『アンティゴネー』について」『ギリシア悲劇とラテン文学』岩波書店、一九九五
川島重成「『アンティゴネー』における愛《エロース》と死《ハーデース》」『ギリシア悲劇』講談社学術文庫、一九九九
吉武純夫「カロス・タナトス、アンティゴネの目指したもの」『西洋古典学研究』

五〇、二〇〇二

丹下和彦「人間讃歌　ソポクレス『アンティゴネ』」『ギリシア悲劇』中公新書、二〇〇八

Yoshinori Sano, The First Stasimon of Sophocles' *Antigone* (332-375) : Comparison with Texts on Cultural Progress. *JASCA* 2, 2014

アンドレ・ボナール「アンティゴネの約束するもの」『ギリシア文明史 Ⅱ』岡道男・田中千春訳、人文書院、一九七五

Sophocles という題の、あるいはこれを題名の一部に含む研究書は数多く、単行書や雑誌に収められた『アンティゴネー』論となると数えきれないほどである。ここでは、劇作技法の面からソポクレース解釈の新方向を打ち出した Wilamowitz 書、それを発展させて優れた分析を行い強い影響力をもつ Reinhardt 書、それに英語圏で最も優れた本と言われる Winnington-Ingram 書のみを挙げておく。Cairns 書は二〇一四年春に刊行予定と聞いていたが、本人からの連絡によると年末まで遅れるそうである。有益なコンパニオンになると期待している。Zimmermann 書はギリシアの失われた叙事詩からローマ時代の諸文献まで、さらには図像芸術をも博捜してテーバイ伝説、

とりわけアンティゴネー神話の取り扱いを跡づけている。

本劇の研究については日本人による貢献も多いので、訳者の眼に触れたものを挙げておきたい。それに続けて、日本語で読める『アンティゴネー』論も掲げた。ボナール論文は繊細鋭利な解釈で教えられるところが多い。

(d) 翻訳

森進一訳、ソポクレス『アンチゴネ』(田中美知太郎編「ギリシア劇集」新潮社、一九六三)

呉茂一訳、ソポクレス『アンティゴネ』(「世界古典文学全集　八」筑摩書房、一九六四)

松平千秋訳、ソポクレス『アンティゴネ』(「世界文学全集　二」講談社、一九七八)

内山敬二郎訳、ソポクレース『アンティゴネー』(「ギリシャ悲劇全集　二」鼎出版会、一九七八)

柳沼重剛訳、ソポクレース『アンティゴネー』(「ギリシア悲劇全集　三」岩波書店、一九九〇)

原典訳はこの五種ではないかと思う。訳者が最も惹かれるのは松平千秋先生の訳で、訳語を拝借したものも一、二に留まらない。英独仏語の翻訳も多いが、ここでは省略する。

（e）後世の命

ジョージ・スタイナー『アンティゴネーの変貌』海老根宏・山本史郎訳、みすず書房、一九八九（原著一九八四）
ジャン・コクトー『アンティゴネー』三好郁朗訳（「ジャン・コクトー全集　七」東京創元社、一九八三）
ジャン・アヌイ『アンチゴーヌ』芥川比呂志訳（「アヌイ作品集　三」白水社、一九五七）
ベルトルト・ブレヒト『ソポクレスのアンティーゴネ』岩淵達治訳（「ブレヒト戯曲全集　別巻」未来社、二〇〇一）
J. Schondorff, hrsg. *Antigone* (Sophokles. Euripides. Racine. Hölderlin. Hasenclever. Cocteau. Anouilh. Brecht). München/Wien 1966

George Tzavellas, director, Sophocles' ANTIGONE. 1961
ダニエル・ユイレ、ジャン＝マリー・ストローブ、監督『アンティゴネ』一九九一
E.B. Mee and H.P. Foley, eds., *Antigone on the Contemporary World Stage*. Oxford 2011

スタイナー書は、ヨーロッパ二四〇〇年の文学、芸術、思想にアンティゴネー神話が、いやソポクレースの『アンティゴネー』が、いかに訴え続けて来たかを余すところなく論じた名著である。

文学における『アンティゴネー』の翻案は少なくないが、特に名高いのはコクトー(一九二二)、アヌイ(一九四二)、ブレヒト(一九四八)であろうか。コクトーは翻案というより忠実なダイジェストという趣。アヌイは、汚らわしい仕事だと皆から言われることを知りながら政治を行うクレオーンに同情的とも見える。ブレヒトはヘルダーリンの独訳に基づき、舞台を一九四五年四月のベルリンに移す。暴君クレオーンは遠国の鉄鉱山を奪うため二人の息子を侵略戦争に駆り立てるが、ポリュネイケースは兄の死と敵国の苦しみを見て戦線離脱し、父に虐殺される。Schondorff編書はこれらを含む多くの関連作品のテクストを収めて便利である(エウリーピデースは『フェニキアの

女たち』、ラシーヌは『ラ・テバイッド(兄弟は敵同士)』が採録される。すべて独訳)。

訳者が目にし得た映画は二本のみ。名優イレーネ・パパスがアンティゴネーを演じるTzavellas監督のギリシア映画は五〇〇人の役者に陸軍兵士まで動員した歴史大作であるが、言葉を映像に移して成功している部分と、視覚表現はとうてい言語表現の美に及ばぬと思える部分とがあった。その点、ブレヒトを忠実に映画化したユイレとストローブの『アンティゴネ』は、シチリア島セジェスタの古代劇場を舞台に、数人の役者と四人のコロスの科白だけで劇が進行し、言葉の力で展開して行くこの劇にふさわしい作りと思える。ブレヒトというより古代劇が甦る思い、と言えば溢美であろうか。

アンジェイ・ワイダ監督の『カティンの森』(二〇〇七)ではアンティゴネー・モチーフが部分的に利用されていた。アグニェシュカは兄の墓碑を造るために豊かな金髪を切って売る。「ピョトル中尉、操縦士。一九四〇年四月、カティンにて非業の死」と刻んだ墓碑は教会から拒否され、家族墓地に秘かに据えようとして姉の協力を求めるが、得られない。アウシュヴィッツで丸坊主にされた女優は鬘の出来るのを待つ間に、「本当の不幸は亡兄が墓もなく見捨てられること」と、クラクフ劇場で上演中の芝居の科白を語る。

訳者は音楽にも舞台にも暗いが、『アンティゴネー』はこれを舞台化した国の数が最も多いギリシア悲劇だそうである。Mee and Foley 編書は、第二次世界大戦後のアルゼンチン、カナダ、コンゴ、エジプト、フィンランド、グルジア、ギリシア、ハイチ、インド、インドネシア、アイルランド、イタリア、日本、ポーランド、台湾、シリア、トルコ、アメリカ、における舞台化を論じている。日本についてはメイ・スメサースト教授が、宮城聰主宰、ク・ナウカ・シアターカンパニーの『アンティゴネ』(東京、二〇〇四)を論じている。

中国文学の川合康三さんのお引き合わせで、岩波文庫編集部の清水愛理さんと一夕歓談することがあった。ギリシア悲劇の新しい訳はどうかという話になった時、その場の共通意見として挙がったのが『アンティゴネー』であった。日本でも悲劇の研究者は多いので私はその勉強をあまりして来なかったが、この劇は一度訳してみたいと思わないではなかった。かつてテレビの吹き替え版でルキノ・ヴィスコンティ『地獄に堕ちた勇者ども』を観たが、未亡人ゾフィー役の岸田今日子が素晴らしく、あの口調で訳せないかと思っていたのである。もう一つの事情としては、別の所で『アンティゴネー』について語ることがあり、松平千秋先生の御訳を使わせて頂く予定であったが、版権の問題でそれが不可能となり、自分の訳を急がなければならなくなった。原稿および校正段階で清水愛理さんが綿密に点検して下さり、適切な指摘により分かりにくい表現を改善できたところは二、三にとどまらない。校正の方にも幾つも過誤を救っていただいた。小さな訳書の成るにあたり厚くお礼申し上げる次第である。

中務哲郎

二〇一四年三月

アンティゴネー　ソポクレース作

2014年5月16日　第1刷発行
2021年2月15日　第5刷発行

訳　者　中務哲郎《なかつかさてつお》

発行者　岡本　厚

発行所　株式会社　岩波書店
〒101-8002 東京都千代田区一ツ橋2-5-5
案内 03-5210-4000　営業部 03-5210-4111
文庫編集部 03-5210-4051
https://www.iwanami.co.jp/

印刷・精興社　製本・松岳社

ISBN 978-4-00-357004-3　Printed in Japan

読書子に寄す

——岩波文庫発刊に際して——

岩波茂雄

真理は万人によって求められることを自ら欲し、芸術は万人によって愛されることを自ら望む。かつては民を愚昧ならしめるために学芸が最も狭き堂宇に閉鎖されたことがあった。今や知識と美とを特権階級の独占より奪い返すことはつねに進取的なる民衆の切実なる要求である。岩波文庫はこの要求に応じそれに励まされて生まれた。それは生命ある不朽の書を少数者の書斎と研究室とより解放して街頭にくまなく立たしめ民衆に伍せしめるであろう。近時大量生産予約出版の流行を見る。その広告宣伝の狂態はしばらくおくも、後代にのこすと誇称する全集がその編集に万全の用意をなしたるか。千古の典籍の翻訳企図に敬虔の態度を欠かざりしか。さらに分売を許さず読者を繫縛して数十冊を強うるがごとき、はたしてその揚言する学芸解放のゆえんなりや。吾人は天下の名士の声に和してこれを推挙するに躊躇するものである。このときにあたって、岩波書店は自己の責務のいよいよ重大なるを思い、従来の方針の徹底を期するため、すでに十数年以前より志して来た計画を慎重審議この際断然実行することにした。吾人は範をかのレクラム文庫にとり、古今東西にわたって文芸・哲学・社会科学・自然科学等種類のいかんを問わず、いやしくも万人の必読すべき真に古典的価値ある書をきわめて簡易なる形式において逐次刊行し、あらゆる人間に須要なる生活向上の資料、生活批判の原理を提供せんと欲する。この文庫は予約出版の方法を排したるがゆえに、読者は自己の欲する時に自己の欲する書物を各個に自由に選択することができる。携帯に便にして価格の低きを最主とするがゆえに、外観を顧みざるも内容に至っては厳選最も力を尽くし、従来の岩波出版物の特色をますます発揮せしめようとする。この計画たるや世間の一時の投機的なるものと異なり、永遠の事業として吾人は微力を傾倒し、あらゆる犠牲を忍んで今後永久に継続発展せしめ、もって文庫の使命を遺憾なく果たさしめることを期する。芸術を愛し知識を求むる士の自ら進んでこの挙に参加し、希望と忠言とを寄せられることは吾人の熱望するところである。その性質上経済的には最も困難多きこの事業にあえて当たらんとする吾人の志を諒として、その達成のため世の読書子とのうるわしき共同を期待する。

昭和二年七月

《東洋文学》〔赤〕

- 王維詩集　小川環樹・都留春雄・入谷仙介 選訳
- 杜甫詩選　黒川洋一編
- 李白詩選　松浦友久編訳
- 李賀詩選　黒川洋一編
- 蘇東坡詩選　小川環樹・山本和義 選訳
- 陶淵明全集　全二冊　松枝茂夫・和田武司 訳注
- 唐詩選　全三冊　前野直彬注解
- 完訳 三国志　全八冊　小川環樹・金田純一郎 訳
- 完訳 水滸伝　全十冊　吉川幸次郎・清水茂 訳
- 西遊記　全十冊　中野美代子訳
- 菜根譚　洪自誠　今井宇三郎訳注
- 浮生六記 —浮生夢のごとし　沈復　松枝茂夫訳
- 阿Q正伝・狂人日記 他十二篇（吶喊）　魯迅　竹内好訳
- 魯迅評論集　竹内好編訳
- 家　全二冊　巴金　飯塚朗訳
- 寒い夜　巴金　立間祥介訳

- 新編 中国名詩選　全三冊　川合康三編訳
- 遊仙窟　張文成　今村与志雄訳
- 唐宋伝奇集　全二冊　今村与志雄訳
- 聊斎志異　全二冊　蒲松齢　立間祥介編訳
- 白楽天詩選　全二冊　川合康三訳注
- 文選　全六冊　川合康三・富永一登・釜谷武志・和田英信・浅見洋二・緑川英樹 訳注
- リグ・ヴェーダ讃歌　辻直四郎訳
- マハーバーラタ ナラ王物語 —ダマヤンティー姫の数奇な生涯　鎧淳訳
- バガヴァッド・ギーター　上村勝彦訳
- 朝鮮民謡選　金素雲訳編
- 尹東柱詩集 空と風と星と詩　金時鐘編訳
- アイヌ神謡集　知里幸惠編訳
- アイヌ民譚集 付 えぞおばけ列伝　知里真志保編訳

《ギリシア・ラテン文学》〔赤〕

- ホメロス イリアス　全二冊　松平千秋訳
- ホメロス オデュッセイア　全二冊　松平千秋訳
- イソップ寓話集　中務哲郎訳

- アンティゴネー　ソポクレース　中務哲郎訳
- ソポクレス オイディプス王　藤沢令夫訳
- ヒッポリュトス —パイドラーの恋　エウリーピデース　松平千秋訳
- バッカイ —バッコスに憑かれた女たち　エウリーピデース　逸身喜一郎訳
- ヘシオドス 神統記　廣川洋一訳
- アリストパネース 蜂　高津春繁訳
- 女の議会　アリストパネース　村川堅太郎訳
- アポロドーロス ギリシア神話　高津春繁訳
- ギリシア・ローマ抒情詩選 —花冠　呉茂一訳
- 黄金の驢馬　アープレーイユス　呉茂一・国原吉之助訳
- オウィディウス 変身物語　全二冊　中村善也訳
- ギリシア・ローマ神話 付 インド・北欧神話　ブルフィンチ　野上弥生子訳
- ギリシア・ローマ名言集　柳沼重剛編
- ローマ諷刺詩集　ペルシウス・ユウェナーリス　国原吉之助訳
- 内乱 —パルサリア　全二冊　ルーカーヌス　大西英文訳

《南北ヨーロッパ他文学》〔赤〕

ダンテ 新生　山川丙三郎訳
抜目のない未亡人　ゴルドーニ 平川祐弘訳
珈琲店・恋人たち　ゴルドーニ 平川祐弘訳
カヴァレリーア・ルスティカーナ 他十一篇　G・ヴェルガ 河島英昭訳
ルネッサンス巷談集　フランコ・サケッティ 杉浦明平訳
カルヴィーノ イタリア民話集 全二冊　河島英昭編訳
むずかしい愛　カルヴィーノ 和田忠彦訳
パロマー　カルヴィーノ 和田忠彦訳
カルヴィーノ アメリカ講義 ―新たな千年紀のための六つのメモ　米川良夫 和田忠彦訳
まっぷたつの子爵　カルヴィーノ 河島英昭訳
魔法の庭・空を見上げる部族 他十四篇　カルヴィーノ 和田忠彦訳
愛神の戯れ ―牧歌劇『アミンタ』　トルクァート・タッソ 鷲平京子訳
ペトラルカ ルネサンス書簡集　近藤恒一編訳
わが秘密　ペトラルカ 近藤恒一訳
ペトラルカ 無知について　近藤恒一訳
美しい夏　パヴェーゼ 河島英昭訳

流刑　パヴェーゼ 河島英昭訳
祭の夜　パヴェーゼ 河島英昭訳
月と篝火　パヴェーゼ 河島英昭訳
休戦　プリーモ・レーヴィ 竹山博英訳
ウンベルト・エーコ 小説の森散策　和田忠彦訳
バウドリーノ 全二冊　ウンベルト・エーコ 堤康徳訳
タタール人の砂漠　ブッツァーティ 脇功訳
七人の使者・神を見た犬 他十三篇　ブッツァーティ 脇功訳
ラサリーリョ・デ・トルメスの生涯　会田由訳
ドン・キホーテ 前篇 全三冊　セルバンテス 牛島信明訳
ドン・キホーテ 後篇 全三冊　セルバンテス 牛島信明訳
セルバンテス短篇集　牛島信明編訳
恐ろしき媒　ホセ・エチェガライ 永田寛定訳
エスピノーサ スペイン民話集　三原幸久編訳
三大悲劇集 血の婚礼 他二篇　ガルシーア・ロルカ 牛島信明訳
エル・シードの歌　長南実訳
娘たちの空返事 他一篇　モラティン 佐竹謙一訳

プラテーロとわたし　J・R・ヒメーネス 長南実訳
オルメードの騎士　ロペ・デ・ベガ 長南実訳
父の死に寄せる詩　ホルヘ・マンリーケ 佐竹謙一訳
サラマンカの学生 他六篇　エスプロンセーダ 佐竹謙一訳
セビーリャの色事師と石の招客 他一篇　ティルソ・デ・モリーナ 佐竹謙一訳
ティラン・ロ・ブラン 全四冊　J・マルトゥレイ M・J・ダ・ガルバ 田澤耕訳
ダイヤモンド広場　マルセー・ルドゥレダ 田澤耕訳
完訳 アンデルセン童話集 全七冊　大畑末吉訳
即興詩人 全二冊　アンデルセン 大畑末吉訳
アンデルセン自伝　大畑末吉訳
ここに薔薇ありせば 他五篇　ヤコブセン 矢崎源九郎訳
ヴィクトリア　クヌート・ハムスン 冨原眞弓訳
フィンランド叙事詩 カレワラ 全二冊　リョンロット編 小泉保訳
イプセン 人形の家　原千代海訳
令嬢ユリェ　ストリントベルク 茅野蕭々訳
ポルトガリヤの皇帝さん　ラーゲルレーヴ イシガオサム訳
アミエルの日記 全四冊　河野与一訳

クオ・ワディス 全三冊　シェンキェーヴィチ　木村彰一訳
おばあさん　ニェムツォヴァー　栗栖継訳
山椒魚戦争　カレル・チャペック　栗栖継訳
ロボット（R・U・R）　チャペック　千野栄一訳
牛乳屋テヴィエ　ショレム・アレイヘム　西成彦訳
完訳 千一夜物語 全十三冊　豊島与志雄・渡辺一夫・佐藤正彰・岡部正孝訳
ルバイヤート　オマル・ハイヤーム　小川亮作訳
ゴレスターン　サァディー　沢英三訳
アブー・ヌワース アラブ飲酒詩選　塙治夫編訳
中世騎士物語　ブルフィンチ　野上弥生子訳
コルタサル短篇集 悪魔の涎・追い求める男 他八篇　木村榮一訳
遊戯の終わり　コルタサル　木村榮一訳
秘密の武器　コルタサル　木村榮一訳
ペドロ・パラモ　ファン・ルルフォ　杉山晃・増田義郎訳
燃える平原　ファン・ルルフォ　杉山晃訳
伝奇集　J・L・ボルヘス　鼓直訳
創造者　J・L・ボルヘス　鼓直訳

続審問　J・L・ボルヘス　中村健二訳
七つの夜　J・L・ボルヘス　野谷文昭訳
詩という仕事について　J・L・ボルヘス　鼓直訳
汚辱の世界史　J・L・ボルヘス　中村健二訳
ブロディーの報告書　J・L・ボルヘス　鼓直訳
アレフ　J・L・ボルヘス　鼓直訳
語るボルヘス ―書物・不死性・時間ほか　J・L・ボルヘス　木村榮一訳
20世紀ラテンアメリカ短篇選　野谷文昭編訳
フエンテス短篇集 アウラ・純な魂 他四篇　木村榮一訳
アルテミオ・クルスの死　フエンテス　木村榮一訳
グアテマラ伝説集　M・A・アストゥリアス　牛島信明訳
緑の家 全二冊　バルガス＝リョサ　木村榮一訳
密林の語り部　バルガス＝リョサ　西村英一郎訳
ラ・カテドラルでの対話　バルガス＝リョサ　旦敬介訳
弓と竪琴　オクタビオ・パス　牛島信明訳
失われた足跡　カルペンティエル　牛島信明訳
ラテンアメリカ民話集　三原幸久編訳

やし酒飲み　エイモス・チュツオーラ　土屋哲訳
薬草まじない　エイモス・チュツオーラ　土屋哲訳
ジャンプ 他十一篇　ナディン・ゴーディマ　柳沢由実子訳
マイケル・K　J・M・クッツェー　くぼたのぞみ訳
ミゲル・ストリート　V・S・ナイポール　小沢自然・小野正嗣訳
キリストはエボリで止まった　カルロ・レーヴィ　竹山博英訳
クァジーモド全詩集　河島英昭訳
ウンガレッティ全詩集　河島英昭訳
クオーレ　デ・アミーチス　和田忠彦訳
冗談　ミラン・クンデラ　西永良成訳
小説の技法　ミラン・クンデラ　西永良成訳
世界イディッシュ短篇選　西成彦編訳

《ロシア文学》〔赤〕

《ドイツ文学》〔赤〕

ニーベルンゲンの歌 全二冊 相良守峯訳
若きウェルテルの悩み ゲーテ 竹山道雄訳
ヴィルヘルム・マイスターの修業時代 全三冊 ゲーテ 山崎章甫訳
イタリア紀行 全三冊 ゲーテ 相良守峯訳
ファウスト 全二冊 ゲーテ 相良守峯訳
ゲーテとの対話 全三冊 エッカーマン 山下肇訳
スペインの太子 ドン・カルロス シルレル 佐藤通次訳
改訳 オルレアンの少女 シルレル 佐藤通次訳
ヒュペーリオン —希臘の世捨人 ヘルデルリーン 渡辺格司訳
青い花 ノヴァーリス 青山隆夫訳
夜の讃歌・サイスの弟子たち 他一篇 ノヴァーリス 今泉文子訳
完訳 グリム童話集 全五冊 金田鬼一訳
ホフマン短篇集 池内紀編訳
水妖記（ウンディーネ） フーケー 柴田治三郎訳
O侯爵夫人 他六篇 クライスト 相良守峯訳
影をなくした男 シャミッソー 池内紀訳

流刑の神々・精霊物語 ハイネ 小沢俊夫訳
冬物語 —ドイツ ハイネ 井汲越次訳
ユーディット 他一篇 ヘッベル 吹田順助訳
芸術と革命 他四篇 ワーグナー 北村義男訳
ブリギッタ・森の泉 他一篇 シュティフター 宇多五郎・高安国世訳
みずうみ 他四篇 シュトルム 関泰祐訳
村のロメオとユリア ケラー 草間平作訳
沈鐘 ハウプトマン 阿部六郎訳
地霊・パンドラの箱 ルル二部作 F・ヴェデキント 岩淵達治訳
春のめざめ F・ヴェデキント 酒寄進一訳
ゲオルゲ詩集 手塚富雄訳
花・死人に口なし 他七篇 シュニッツラー 番匠谷英一・山本有三訳
リルケ詩集 高安国世訳
ドゥイノの悲歌 リルケ 手塚富雄訳
ブッデンブローク家の人びと 全三冊 トーマス・マン 望月市恵訳
トオマス・マン短篇集 実吉捷郎訳
魔の山 全二冊 トーマス・マン 関泰祐・望月市恵訳

トニオ・クレエゲル トオマス・マン 実吉捷郎訳
ヴェニスに死す トオマス・マン 実吉捷郎訳
車輪の下 ヘルマン・ヘッセ 実吉捷郎訳
漂泊の魂 クヌルプ ヘルマン・ヘッセ 相良守峯訳
デミアン ヘルマン・ヘッセ 実吉捷郎訳
シッダルタ ヘッセ 手塚富雄訳
ルーマニア日記 カロッサ 高橋健二訳
美しき惑いの年 カロッサ 手塚富雄訳
若き日の変転 カロッサ 斎藤栄治訳
幼年時代 カロッサ 斎藤栄治訳
指導と信従 カロッサ 国松孝二訳
ジョゼフ・フーシェ —ある政治的人間の肖像 シュテファン・ツワイク 高橋禎二・秋山英夫訳
変身・断食芸人 カフカ 山下肇・山下萬里訳
審判 カフカ 辻瑆訳
カフカ短篇集 池内紀編訳
カフカ寓話集 池内紀編訳
三文オペラ ブレヒト 岩淵達治訳

肝っ玉おっ母とその子どもたち　ブレヒト　岩淵達治訳
ドイツ炉辺ばなし集 —カレンダーゲシヒテン　ヘーベル　木下康光編訳
憂愁夫人　ズーデルマン　相良守峯訳
悪童物語　ルウドキヒ・トオマ　実吉捷郎訳
ウィーン世紀末文学選　池内紀編訳
ティル・オイレンシュピーゲルの愉快ないたずら　阿部謹也訳
大理石像・デュランデ城悲歌　アイヒェンドルフ　関泰祐訳
改訳 愉しき放浪児　アイヒェンドルフ　関泰祐訳
チャンドス卿の手紙 他十篇　ホフマンスタール　檜山哲彦訳
ホフマンスタール詩集　川村二郎訳
陽気なヴッツ先生 他一篇　ジャン・パウル　岩田行一訳
インド紀行 全二冊　ボンゼルス　実吉捷郎訳
ドイツ名詩選　生野幸吉・檜山哲彦編
蝶の生活　シュナック　岡田朝雄訳
聖なる酔っぱらいの伝説 他四篇　ヨーゼフ・ロート　池内紀訳
ラデツキー行進曲 全二冊　ヨーゼフ・ロート　平田達治訳
ジャクリーヌと日本人　ヤーコプ　相良守峯訳

人生処方詩集　エーリヒ・ケストナー　小松太郎訳
三十歳　インゲボルク・バッハマン　松永美穂訳
第七の十字架 全二冊　アンナ・ゼーガース　山下肇・新村浩訳

《フランス文学》〔赤〕

ロランの歌　有永弘人訳
ラブレー第一之書 ガルガンチュワ物語　渡辺一夫訳
ラブレー第二之書 パンタグリュエル物語　渡辺一夫訳
ラブレー第三之書 パンタグリュエル物語　渡辺一夫訳
ラブレー第四之書 パンタグリュエル物語　渡辺一夫訳
ラブレー第五之書 パンタグリュエル物語　渡辺一夫訳
ピエール・パトラン先生　渡辺一夫訳
日月両世界旅行記　シラノ・ド・ベルジュラック　赤木昭三訳
ロンサール詩集　ロンサール　井上究一郎訳
エセー 全六冊　モンテーニュ　原二郎訳
ラ・ロシュフコー箴言集　二宮フサ訳
ブリタニキュス ベレニス　ラシーヌ　渡辺守章訳
ドン・ジュアン —石像の宴　モリエール　鈴木力衛訳

完訳 ペロー童話集　新倉朗子訳
偽りの告白　マリヴォー　鈴木力衛訳
贋の侍女・愛の勝利　マリヴォー　佐藤実枝・井村順一訳
カンディード 他五篇　ヴォルテール　植田祐次訳
哲学書簡　ヴォルテール　林達夫訳
孤独な散歩者の夢想　ルソー　今野一雄訳
フィガロの結婚　ボオマルシェエ　辰野隆訳
危険な関係 全二冊　ラクロ　伊吹武彦訳
美味礼讃 全二冊　ブリア＝サヴァラン　関根秀雄・戸部松実訳
アドルフ　コンスタン　大塚幸男訳
近代人の自由と古代人の自由・征服の精神と簒奪 他一篇　コンスタン　堤林剣・堤林恵訳
恋愛論 全二冊　スタンダール　杉本圭子訳
赤と黒 全二冊　スタンダール　桑原武夫・生島遼一訳
ゴプセック・毬打つ猫の店　バルザック　芳川泰久訳
艶笑滑稽譚 全三冊　バルザック　石井晴一訳
レ・ミゼラブル 全四冊　ユーゴー　豊島与志雄訳
死刑囚最後の日　ユーゴー　豊島与志雄訳

ライン河幻想紀行	ユゴー	榊原晃三編訳
ノートル＝ダム・ド・パリ 全二冊	ユゴー	辻昶・松下和則訳
モンテ・クリスト伯 全七冊	アレクサンドル・デュマ	山内義雄訳
三銃士 全二冊	デュマ	生島遼一訳
エトルリヤの壺 他五篇	メリメ	杉捷夫訳
カルメン	メリメ	杉捷夫訳
愛の妖精（プチット・ファデット）	ジョルジュ・サンド	宮崎嶺雄訳
ボヴァリー夫人 全二冊	フローベール	伊吹武彦訳
感情教育 全二冊	フローベール	生島遼一訳
紋切型辞典	フローベール	小倉孝誠訳
サラムボー 全二冊	フローベール	中條屋進訳
未来のイヴ 全二冊	ヴィリエ・ド・リラダン	渡辺一夫訳
風車小屋だより	ドーデー	桜田佐訳
月曜物語	ドーデー	桜田佐訳
パリ風俗 サフォ	ドーデー	朝倉季雄訳
プチ・ショーズ ―ある少年の物語	ドーデー	原千代海訳
少年少女	アナトール・フランス	三好達治訳
神々は渇く	アナトール・フランス	大塚幸男訳
テレーズ・ラカン 全二冊	エミール・ゾラ	小林正訳
ジェルミナール 全三冊	エミール・ゾラ	安士正夫訳
獣人 全二冊	エミール・ゾラ	川口篤訳
制作 全二冊	エミール・ゾラ	清水正和訳
水車小屋攻撃 他七篇	エミール・ゾラ	朝比奈弘治訳
氷島の漁夫	ピエール・ロチ	吉氷清訳
マラルメ詩集		渡辺守章訳
脂肪のかたまり	モーパッサン	高山鉄男訳
メゾンテリエ 他三篇	モーパッサン	河盛好蔵訳
モーパッサン短篇選		高山鉄男編訳
わたしたちの心	モーパッサン	笠間直穂子訳
地獄の季節	ランボオ	小林秀雄訳
にんじん	ルナアル	岸田国士訳
ぶどう畑のぶどう作り	ルナアル	岸田国士訳
博物誌	ルナール	辻昶訳
ジャン・クリストフ 全四冊	ロマン・ローラン	豊島与志雄訳
トルストイの生涯	ロマン・ロラン	蛯原徳夫訳
ベートーヴェンの生涯	ロマン・ロラン	片山敏彦訳
ミケランジェロの生涯	ロマン・ロラン	高田博厚訳
フランシス・ジャム詩集		手塚伸一訳
三人の乙女たち	フランシス・ジャム	手塚伸一訳
背徳者	アンドレ・ジイド	川口篤訳
法王庁の抜け穴	アンドレ・ジイド	石川淳訳
続コンゴ紀行 ―チャド湖より還る	アンドレ・ジイド	杉捷夫訳
ヴァレリー詩集	ポール・ヴァレリー	鈴木信太郎訳
精神の危機 他十五篇	ポール・ヴァレリー	恒川邦夫訳
若き日の手紙	フィリップ	外山楢夫訳
朝のコント	フィリップ	淀野隆三訳
シラノ・ド・ベルジュラック	ロスタン	辰野隆・鈴木信太郎訳
海の沈黙・星への歩み	ヴェルコール	河野與一・加藤周一訳
地底旅行	ジュール・ヴェルヌ	朝比奈弘治訳
八十日間世界一周	ジュール・ヴェルヌ	鈴木啓二訳
海底二万里 全二冊	ジュール・ヴェルヌ	朝比奈美知子訳

- プロヴァンスの少女（ミレイユ） ミストラル 杉冨士雄訳
- 結婚十五の歓び 新倉俊一訳
- 死霊の恋・ポンペイ夜話 他三篇 ゴーチエ 田辺貞之助訳
- 火の娘たち ネルヴァル 野崎歓訳
- パリの夜 ―革命下の民衆 レチフ・ド・ラ・ブルトンヌ 植田祐次編訳
- 牝猫（めすねこ） コレット 工藤庸子訳
- シェリ コレット 工藤庸子訳
- シェリの最後 コレット 工藤庸子訳
- 生きている過去 レニエ 窪田般彌訳
- ノディエ幻想短篇集 ノディエ 篠田知和基編訳
- フランス短篇傑作選 山田稔編訳
- シュルレアリスム宣言・溶ける魚 アンドレ・ブルトン 巖谷國士訳
- ナジャ アンドレ・ブルトン 巖谷國士訳
- 不遇なる一天才の手記 ヴォーヴナルグ 関根秀雄訳
- ジェルミニィ・ラセルトゥウ ゴンクウル兄弟 大西克和訳
- フランス名詩選 安藤元雄 入沢康夫 渋沢孝輔編
- 繻子の靴 全二冊 ポール・クローデル 渡辺守章訳

- A・O・バルナブース全集 全二冊 ヴァレリー・ラルボー 岩崎力訳
- 悪魔祓い ル・クレジオ 高山鉄男訳
- 楽しみと日々 プルースト 岩崎力訳
- 失われた時を求めて 全十四冊 プルースト 吉川一義訳
- 丘 ジャン・ジオノ 山本省訳
- 子ども 全二冊 ジュール・ヴァレス 朝比奈弘治訳
- シルトの岸辺 ジュリアン・グラック 安藤元雄訳
- 星の王子さま サン＝テグジュペリ 内藤濯訳
- プレヴェール詩集 小笠原豊樹訳

《イギリス文学》〔赤〕

- ユートピア　トマス・モア　平井正穂訳
- 完訳カンタベリー物語　全三冊　チョーサー　桝井迪夫訳
- ヴェニスの商人　シェイクスピア　中野好夫訳
- ジュリアス・シーザー　シェイクスピア　中野好夫訳
- 十二夜　シェイクスピア　小津次郎訳
- ハムレット　シェイクスピア　野島秀勝訳
- オセロウ　シェイクスピア　菅泰男訳
- リア王　シェイクスピア　野島秀勝訳
- マクベス　シェイクスピア　木下順二訳
- ソネット集　シェイクスピア　高松雄一訳
- ロミオとジューリエット　シェイクスピア　平井正穂訳
- リチャード三世　シェイクスピア　木下順二訳
- 対訳シェイクスピア詩集 ―イギリス詩人選(1)　柴田稔彦編
- から騒ぎ　シェイクスピア　喜志哲雄訳
- 言論・出版の自由 ―アレオパジティカ 他一篇　ミルトン　原田純訳
- 失楽園　全二冊　ミルトン　平井正穂訳

- ロビンソン・クルーソー　全二冊　デフォー　平井正穂訳
- ガリヴァー旅行記　スウィフト　平井正穂訳
- ジョウゼフ・アンドルーズ　全二冊　フィールディング　朱牟田夏雄訳
- トリストラム・シャンディ　全三冊　ロレンス・スターン　朱牟田夏雄訳
- ウェイクフィールドの牧師 ―むだばなし　ゴールドスミス　小野寺健訳
- 幸福の探求 ―アビシニアの王子ラセラスの物語　サミュエル・ジョンソン　朱牟田夏雄訳
- マンフレッド　バイロン　小川和夫訳
- 対訳ブレイク詩集 ―イギリス詩人選(4)　松島正一編
- 対訳ワーズワス詩集 ―イギリス詩人選(3)　山内久明編
- 湖の麗人　スコット　入江直祐訳
- キプリング短篇集　橋本槙矩編訳
- 対訳コウルリッジ詩集 ―イギリス詩人選(7)　上島建吉編
- 高慢と偏見　全二冊　ジェーン・オースティン　富田彬訳
- 説きふせられて　ジェーン・オースティン　富田彬訳
- ジェイン・オースティンの手紙　新井潤美編訳
- 対訳テニスン詩集 ―イギリス詩人選(5)　西前美巳編
- 虚栄の市　全四冊　サッカリー　中島賢二訳

- 床屋コックスの日記・馬丁粋語録　サッカレ　平井呈一訳
- デイヴィッド・コパフィールド　全五冊　ディケンズ　石塚裕子訳
- ディケンズ短篇集　小池滋　石塚裕子訳
- 炉辺のこほろぎ　ディケンズ　本多顕彰訳
- ボズのスケッチ 短篇小説篇　全二冊　ディケンズ　藤岡啓介訳
- アメリカ紀行　全二冊　ディケンズ　伊藤弘之・下笠徳次・隈元貞広訳
- イタリアのおもかげ　ディケンズ　伊藤弘之・下笠徳次・隈元貞広訳
- 大いなる遺産　全二冊　ディケンズ　石塚裕子訳
- 荒涼館　全四冊　ディケンズ　佐々木徹訳
- 鎖を解かれたプロメテウス　シェリー　石川重俊訳
- ジェイン・エア　全二冊　シャーロット・ブロンテ　河島弘美訳
- 嵐が丘　全二冊　エミリー・ブロンテ　河島弘美訳
- アルプス登攀記　全二冊　ウィンパー　浦松佐美太郎訳
- アンデス登攀記　全二冊　ウィンパー　大貫良夫訳
- ハーディ テス　全二冊　井上宗次・石田英二訳
- 緑の木蔭 和蘭派田園画　トマス・ハーディ　阿部知二訳
- 緑の館 ―熱帯林のロマンス　ハドソン　柏倉俊三訳

ジーキル博士とハイド氏	スティーヴンスン 海保眞夫訳
プリンス・オットー	スティーヴンスン 小川和夫訳
新アラビヤ夜話	スティーヴンスン 佐藤緑葉訳
南海千一夜物語	スティーヴンスン 中村徳三郎訳
若い人々のために 他十一篇	スティーヴンスン 岩田良吉訳
マーカイム・壜の小鬼 他五篇	スティーヴンソン 高松雄一・高松禎子訳
怪談 —不思議なことの物語と研究	ラフカディオ・ハーン 平井呈一訳
心 —日本の内面生活の暗示と影響	ラフカディオ・ハーン 平井呈一訳
ドリアン・グレイの肖像	オスカー・ワイルド 富士川義之訳
サロメ	ワイルド 福田恆存訳
嘘から出た誠	ワイルド 岸本一郎訳
童話集 幸福な王子 他八篇	オスカー・ワイルド 富士川義之訳
人と超人	バーナード・ショー 市川又彦訳
分らぬもんですよ	バァナード・ショウ 市川又彦訳
ヘンリ・ライクロフトの私記	ギッシング 平井正穂訳
南イタリア周遊記	ギッシング 小池滋訳
闇の奥	コンラッド 中野好夫訳

密偵	コンラッド 土岐恒二訳
コンラッド短篇集	中島賢二編訳
対訳 イェイツ詩集	高松雄一編
月と六ペンス	モーム 行方昭夫訳
人間の絆 全三冊	モーム 行方昭夫訳
サミング・アップ	モーム 行方昭夫訳
モーム短篇選 全二冊	行方昭夫編訳
アシェンデン —英国情報部員のファイル	モーム 中島賢二・岡田久雄訳
お菓子とビール	モーム 行方昭夫訳
荒地	T.S.エリオット 岩崎宗治訳
悪口学校	シェリダン 菅泰男訳
オーウェル評論集	小野寺健編訳
パリ・ロンドン放浪記	ジョージ・オーウェル 小野寺健訳
動物農場 —おとぎばなし	ジョージ・オーウェル 川端康雄訳
対訳 キーツ詩集 —イギリス詩人選(10)	宮崎雄行編
キーツ詩集	中村健二訳
阿片常用者の告白	ド・クインシー 野島秀勝訳

20世紀イギリス短篇選 全二冊	小野寺健編訳
イギリス名詩選	平井正穂編
タイム・マシン 他九篇	H・G・ウェルズ 橋本槇矩訳
トーノ・バンゲイ 全二冊	ウェルズ 中西信太郎訳
回想のブライズヘッド 全二冊	イーヴリン・ウォー 小野寺健訳
愛されたもの	イーヴリン・ウォー 中村健二・出淵博訳
イギリス民話集	河野一郎編訳
フォースター評論集	小野寺健編訳
白衣の女 全三冊	ウィルキー・コリンズ 中島賢二訳
対訳 ブラウニング詩集 —イギリス詩人選(6)	富士川義之編
灯台へ	ヴァージニア・ウルフ 御輿哲也訳
船出 全二冊	ヴァージニア・ウルフ 川西進訳
夜の来訪者	プリーストリー 安藤貞雄訳
アーネスト・ダウスン作品集	南條竹則編訳
ヘリック詩鈔	森亮訳
フランク・オコナー短篇集	阿部公彦訳
たいした問題じゃないが —イギリス・コラム傑作選	行方昭夫編訳

岩波文庫の最新刊

江戸漢詩選（上）

揖斐高編訳

江戸時代に大きく花開いた日本の漢詩の世界。詩人百五十人・三百二十首を選び、小伝や丁寧な語注と共に編む。上巻は幕初から江戸中期を収める。（全二冊）

〔黄二八五―一〕　本体一二〇〇円

法の哲学（上）―自然法と国家学の要綱―

ヘーゲル著／上妻精・佐藤康邦・山田忠彰訳

一八二一年に公刊されたヘーゲルの主著の一つ。それは近代の自画像を描く試みであった。上巻は、「第一部 抽象法」「第二部 道徳」を収録。（全二冊）

〔青六三〇―二〕　本体一二〇〇円

ゼーノの意識（上）

ズヴェーヴォ作／堤康徳訳

己を苛む感情を蘇らせながらも、精神分析医のように人生を淡々と回想する主人公ゼーノ。「意識の流れ」を精緻に描いた伊国の作家ズヴェーヴォの代表作。（全二冊）〔赤N七〇六―一〕　本体九七〇円

……今月の重版再開……

俳句はかく解しかく味う

高浜虚子著

本体五四〇円

〔緑二八―二〕

ダブリンの市民

ジョイス作／結城英雄訳

本体一〇七〇円

〔赤二五五―一〕

定価は表示価格に消費税が加算されます　2021.1

岩波文庫の最新刊

國方栄二訳
エピクテトス 人生談義（下）

本当の自由とは何か。いかにすれば幸福を得られるか。ローマ帝国に生きた奴隷出身の哲学者の言葉。下巻は『語録』後半、『要録』他を収録。（全二冊）
〔青六〇八-二〕 本体一二六〇円

ヴァルター・ベンヤミン著／今村仁司、三島憲一 他訳
パサージュ論（二）

資本主義をめぐるベンヤミンの歴史哲学は、ボードレールの「現代性」の探究に出会う。最大の断章項目「ボードレール」のほか、「蒐集家」「室内、痕跡」を収録。（全五冊）
〔赤四六三-四〕 本体一二〇〇円

ズヴェーヴォ作／堤康徳訳
ゼーノの意識（下）

ゼーノの当てどない意識の流れが、不可思議にも彼の人生を鮮やかに映し出していく。独白はカタストロフィの予感を漂わせて終わる。（全二冊）
〔赤N七〇六-二〕 本体九七〇円

……今月の重版再開……

田辺繁子訳
マヌの法典

本体一〇一〇円
〔青二六〇-一〕

鈴木成高・相原信作訳
ランケ 世界史概観
—近世史の諸時代—

本体八四〇円
〔青四一二-一〕

定価は表示価格に消費税が加算されます　2021.2